ドアD

door D

山田悠介

幻冬舎

ドアD

目次

装幀　松田行正
装画・扉画　喜国雅彦

プロローグ

ボサボサに乱れた髪。薄汚れた素足。ゲッソリと窶《やつ》れた顔。首には引っ掻《か》き傷。そして、うつろな瞳……。

絶望の淵に立たされた優奈《ゆうな》に射した一筋の光が、心に温かく染み渡る。緊張から解放された瞬間、感情が溢《あふ》れたわけではないのに、一滴の涙がこぼれた。生暖かいその滴は大地に落ち、じわりと広がり蒸発する。

突風が吹き荒れると砂埃《すなぼこり》が舞い、目の前の景色が完全に閉ざされた……。

予測不能な、いや、到底理解できないこの状況に松浦《まつうら》優奈は絶句した。

突如現れたいくつもの影。幻覚ではない。地面に映し出された影はこちらへやってくる。五感の研《と》ぎ澄《す》まされた優奈は、微《かす》かに血の臭《にお》いを感じた。

「……どうなってんだ」

影の人物が怯《おび》えたような声を発した。まるで、化け物でも見ているかのように。

優奈も同じだった。あまりのことに声が出ない。指先が震え、呼吸が乱れる。ただそれぞれの顔を見ることしか……。

全身からスッと力が抜け、優奈は立っていられなくなり崩れ落ちた。

誰も駆け寄ってはこない。心配する声もない。優奈は、顔を上げられなかった。

一体どうなっているのか。

優奈は一から振り返る。

そう、始まりからすでにおかしかった。

あの夜は、凍えそうなほど冷たい風が吹いていた……。


二〇〇六年、十二月六日。水曜日。

日付や曜日はもちろん、八人が集まった時刻、それにあの日の天気まで鮮明に憶えている。なのに、みんなと別れてからの記憶がない。まるで、時計の針が十二月六日、午後十時でストップしてしまったかのようだ……。

テニスサークルの二年生だけで飲もうと言いだしたのは、いつもどおり城島豊《じょうしまゆたか》だった。彼は大勢で飲むのが好きで、週に一度はサークルのメンバーに声をかけている。少し風邪気味だった優奈も、豊の強い押しに負け、飲み会に参加することに決めたのだった。

いつもの居酒屋に七時。そういう約束だったが、優奈はバイトの都合で三十分遅れて店に着いた。

平日とはいえ店内は賑《にぎ》わっている。全国に展開している有名なチェーン店で、お酒や料理が他店よりも安いのを売りにしている。そのため、客層は大学生中心、いっても若手のサラリーマンばかりである。

七人がいる座敷に優奈が顔を見せたと同時に、豊から大声が上がる。

「はい、皆さん！　優奈ちゃんが到着しましたよ！」

優奈は全員から注目を浴び、大きな拍手で迎えられた。優奈は苦笑を浮かべ、

「いつもいつも大げさだって」

と言いながら、大学で一番仲の良い加納《かのう》千佳《ちか》の隣りに座った。

「バイト？」

千佳にそう聞かれ、優奈は顔をしかめる。

「時間過ぎてんのに帰してくれないんだもん。こっちは風邪気味だっていうのに」

「まだ風邪治らないの？　長くない？」

「薬は飲んでんだけどね。なかなかよくならないよ」

一週間前から咳《せき》が止まらない。今日は少し熱っぽい。これくらいならと放っておいたのだが、さすがに病院に行こうかと考えていた。だが、そんな時間はない。毎日授業で忙しいし、地元の岐阜を離れ東京に出てきているので、生活費を稼ぐためにバイトだってしなければならない。メンバーとのつき合いも大切だ。だから身体《からだ》を休める暇がないのだ。

「それより千佳。小野《おの》君の隣りに行かなくていいわけ？」

そう言うと、千佳は頰《ほお》を真っ赤にし、

「やだやだ何言ってんの」

と照れ隠しする。

「クリスマス誘った？」

そう言いながら二人とも一番奥に座る小野照之《てるゆき》を一瞥《いちべつ》する。

「誘って……ないけど」

「ダメじゃん！　もっと積極的にいかないとさ」

千佳は指をモジモジさせながら、

「分かってるんだけど、なかなか言いだせなくて」

と弱気に答える。

「小野くんモテるんだから、早くしないと誰かに取られちゃうよ」

「分かってるって」

そうは言うが動きださない千佳の肩を優奈は押し出す。

「ほらほら！　隣り行って！」

「う、うん」

千佳は恥ずかしそうに小野の隣りに座り、遠慮がちに話しかける。その光景を見て、優奈は微笑《ほほえ》む。

千佳は大学に入ってからずっと小野のことが好きなのだが、いまだ告白には至っていない。髪には金のメッシュ。耳にはいくつものピアス。そして濃い化粧。見た目は派手で遊んでいそうな千佳だが、実はかなり奥手なのだ。

小野くんはテニスをやっている時が一番格好いい。

思いやりがあるし、正義感も強い。そんな彼が大好き。

千佳から毎日毎日聞かされる台詞《せりふ》だ。

小野がいないところでは自慢話ばかりするくせに、本人がいると縮こまってしまう。それが千佳のかわいい部分でもある。二人がつき合うことになれば最高なのだが、この調子だとかなり先のことになりそうだ……。

テーブルに置いてあるおしぼりで手を拭《ふ》いていると、向かいに座っている山岡友一《やまおかゆういち》がメニューを差し出してくれた。

「何飲む？」

優奈は適当にメニューを見て、

「ちょっと風邪っぽいから、ウーロン茶にする」

と答える。友一は、

「ＯＫ」

と返し、店員に注文してくれた。

「ありがとう」

礼を言うと友一は笑みを浮かべて軽く手を上げる。

「それより、風邪大丈夫？　確かにちょっと顔色悪いけど」

「ほんの少し怠《だる》いけど、全然平気」

「そう。ならよかった。でもあまり無理するなよ。テニスの練習は控えたほうがいいよ」

「うん。ありがと」

そこで会話がとぎれると、

「俺《おれ》、トイレ行ってくるわ」

と友一は立ち上がった。

優奈は彼の後ろ姿を見ながら、友一は大人だなと思う。落ち着いているし、気遣いが上手だし、誰にでも優しいし。さわやかなのも好感を抱く理由の一つだ。背が高くて、髪はサラサラで、テニスが一番うまくて、女性に好かれそうなアイドル系の顔。父親が医者だと知って、妙に納得した時のことを今でも憶えている。

容姿、ステータスともに言うことのない彼に、いまだに彼女がいないのがおかしいくらいだ。サークルの後輩数人から告白されているらしいが、全部断っているそうだ。きっと、好きな人がいるに違いない。それか、相当な面食いか。そうだとしたら、査定は少し落ちるが……。

「みなさん飲んでますか！」

ずっと立ちっぱなしの豊がビールの入ったジョッキを天井にかかげ、大声を上げた。

いつの間に脱いだのか、上半身裸になっている。それを見て大笑いする千佳や小野を横目に、優奈は呆《あき》れてしまった。仲間だと思われるのが恥ずかしい。ただただ溜息《ためいき》しか出てこなかった。友一とは大違いだ。この男がテニスサークルにいること自体が疑問だ。単に騒がしいばかりの猿男ではないか。恐らく、ただモテたいがために入ったのだろう。

優奈以上に恥ずかしがっているのは、豊のすぐ傍《そば》に座っているメガネ少女、野々村美紀《ののむらみき》だ。彼女の場合、優奈とは違って、豊が上半身裸でいるのが恥ずかしいらしい。顔を赤らめ、俯《うつむ》いてしまっている。その反応を面白がって、豊はしつこく迫っていく。美紀は、

「やめてよ」

と言って手で顔を覆い隠す。美紀が嫌がれば嫌がるほど豊は興奮する。皆が笑っているから余計調子に乗るのだ。エスカレートする冗談に、注意を促したのは男性店員だった。

「すみません。他のお客様がいらっしゃいますので」

豊は気まずそうに服を着る。優奈は、

「バカ」

と呟《つぶや》いた。美紀は心底ホッとしているようだ。今まで男性とつき合ったことのないであろう彼女にとっては、やはり過激すぎたのだ。

それにしても美紀の存在も不思議である。大人《おとな》しくて運動神経の鈍い彼女がどうしてテニスを選んだのか。経験者ならともかく、テニスをやるのは初めてだったそうだ。もう少し自分に合ったサークルがあったと思うのだが……。

「おいおい！」

美紀に気をとられていた優奈は、牧田《まきた》竜彦《たつひこ》の強い口調に反応した。一瞬にして、場が静まり返る。彼は、男性店員を鋭く睨《にら》みつけている。注意されたのが面白くなかったのだろう。

竜彦は立ち上がり、店員に歩み寄る。そして、ちんぴら口調で店員に文句を言い始めた。

「こっちは楽しんでるんだからいいだろうが！」

竜彦の剣幕に、店員は気圧《けお》されてしまったようだ。困り果てた様子で、

「すみません」

と頭を下げる。

「マジで調子のってんじゃねえぞコラ」

よほど不愉快だったのか、竜彦は本気で怒っている。

険悪な空気に店内は凍りついた。さすがの優奈も、怖くて止めに入ることができなかった。

その場を抑えたのは、メンバーのリーダー的存在である清田《きよた》翔太《しょうた》であった。翔太は竜彦の肩にそっと手を置いた。

「ほら竜彦やめろ。落ち着けって。迷惑じゃねえか」

「でもコイツがよ!」

「騒いだこっちが悪いんだ。みんな引いてるぞ」

その言葉に竜彦は辺りを見渡し、空気を感じ取ったのか、ようやく静かになった。

「すみませんね、店員さん」

翔太が謝罪すると店員は、

「……いえ」

と少ししょげた様子で下がっていった。

騒動がおさまり、千佳と美紀は安堵《あんど》の息を吐いた。優奈は、竜彦に冷たい視線を送り続ける。彼の悪い癖だ。つまらないことですぐにキレる。サークルのメンバーともめるのはしょっちゅうだ。

短気で、愛想がなくて、自己中心的で、空気を読めない竜彦が、優奈はどうしても好きになれなかった。できることならサークルから抜けてほしいのだが、さすがに口に出しては言えない。そんなことを言ったら何をされるか……。

せっかく盛り上がっていた飲み会が、竜彦のせいで台無しになってしまった。

タイミングが良いのか悪いのか、何も知らない友一が、トイレから戻ってきた。雰囲気がガラリと変わっているのは一目瞭然《いちもくりょうぜん》だった。友一は怪訝《けげん》な表情を浮かべ、

「どうしたの？　みんな」

と声をかける。優奈はウーロン茶に口をつけ、友一と目を合わせないようにする。

「優奈ちゃん？」

名を呼ばれ、優奈は、

「さ、さあ……」

と首を傾《かし》げる。

気まずい空気を誤魔化《ごまか》すように、豊は友一の首に腕を巻き、

「いやいや何でもないんだよ。気にするなって」

と言い聞かせ、強引に座らせた。そして、

「さあみんな！　飲もう飲もう！」

とジョッキをかかげ、無理に場を盛り上げようとする。妙にソワソワしているところを見ると、
豊は自分にも責任があると痛感しているに違いなかった。

しかしその後は、さすがに気持ちよく飲むことはできず、微妙な雰囲気のまま九時四十分に飲み会は終了。その十分後には全員、店の外に出ていた。

十二月の夜は非常に寒く、優奈たちは身体を揺らしながら、寒空の下、意味もなく輪を作っていた。

「どうする？　この後どこか行く？　それとも帰る？」

翔太が七人に尋ねる。優奈と千佳は顔を見合わせる。

「俺は……どっちでもいいよ」

最初に答えたのは小野だった。それを聞き、千佳が続く。

「私も、みんなに合わせる」

「じゃあ、カラオケでも行っちゃう？　俺バンバン唄っちゃうよ！」

必死にテンションを上げようとする豊だが、あんなことがあったのだ。彼に合わせる者は誰一

人としていない。

「美紀ちゃんは？」

美紀は翔太の質問にハッキリと答えず、メガネの位置を直すばかりだ。その仕草に翔太は坊主頭をボリボリと掻き、困った様子を見せる。

「おい竜彦。どうする」

「別に」

そのふてくされた態度にますます不快を感じた優奈は、

「私は、今から遊んだら電車がなくなっちゃうから帰るわ」

と翔太に言った。

「そっか。分かった。他はどうする？」

友一も、優奈と同じ意見を述べた。

「電車なくなっちゃったらマズいしな。俺も、帰るよ」

「じゃあ、俺も」

と小野が手を上げる。

「私も」

と千佳。

「四人もいなくなったらつまらないし、今日は解散するか」

「なんだよ。つまらないの」

豊一人が不満そうだったが、八人は駅に向かって歩き始めた。ゆっくりと歩いていたせいか、三分以内で着くはずが五分以上かかってしまった。その間、会話を交わしていたのは優奈と千佳と翔太だけ。あとの五人はずっと黙りこくっていた。

駅に着くと、優奈は千佳に軽く手を上げる。

「じゃあね千佳。また明日」

「うん。バイバイ」

「みんなも、また明日ね」

優奈は別路線の仲間に手を振り、美紀、豊と一緒に自分たちが乗る線のほうに歩き始めた。

「ちょっと待って、優奈ちゃん！」

その声に振り向くと、そこには友一が立っていた。走ってきたのか、息が乱れている。

「どうしたの？」

聞いても、友一は答えない。何か迷っているようだが、優奈には見当もつかない。

「山岡くん？」

再び声をかけると友一はハッとして、作り笑いを見せた。いつもの友一らしくない。妙に様子がおかしいが、どうしたというのだろう？

「いや、何でもない。気をつけて帰って」

訳が分からず、優奈は首を傾げた。何でもないはずはないのだが……。

「う、うん。ありがとう」

妙な気分のまま、優奈は終電を気にしながら、再び歩きだした。しばらくは背中に友一の視線を感じていたが、優奈は振り向くこともなく歩き続けた……。


一方、優奈の後ろ姿を見つめていた友一は、不甲斐《ふがい》ない自分に情けなさを感じていた。

せっかく二人きりになれたのに、どうして肝心な台詞が出てこなかったのか。好きだという気持ちは溢れているのに。

たかだか、今月の二十四日か二十五日のどちらか空いてないか聞くだけではないか。それがどうしてできないのだ……。

優奈は改札を抜けて、ホームへ行ってしまう。彼女の姿が視界から消え去り、友一は深い溜息をついた。

「何やってんだ、俺」

昔からそうだ。男のくせに、好きな人を目の前にすると緊張してしまう。自然に接することばかり考えているうちに、他のことに頭が回らなくなり、パニックに陥り、逃げだしてしまう。居酒屋のあの時だって、トイレに行きたかったわけではない。気持ちを落ち着かせるために逃げ込んだのだ。

彼女はまだ近くにいる。もう一度追いかけろ。

そうしたいのだが、足がいうことをきいてくれない。目の前に、大きな壁が立ちはだかっている。イメージばかりが先行して、行動に移すことができない。

「……帰るか」

結局、壁を乗り越えることはできず、友一は踵《きびす》を返し、数分前に走った道を今度はトボトボと歩き始めた。

優奈に特別な想いを抱くようになって早一年半。初めて会ったのは校内ではなく、サークル活動中のテニスコートでだった。最初のうちは特別な想いもなかったのだが、日々、接していくうちに、目が奪われるようになっていった。気づけば、瞳には彼女しか映っていなかった。

今までつき合ってきた女性のタイプは全て共通している。みんな美紀のような、おっとりとしていて大人しい子ばかりだ。優奈のように明るく、サバサバとしていて、格好も今時のギャル風の女性を好きになるのは初めてだ。だから余計、誘いづらいのかもしれない。

だが、このまま片思いで終わらせるつもりはない。

友一は心に誓う。明日は必ず、クリスマスの予定を聞く。絶対にだ……。

二人になった時を想像するだけで胸が苦しくなる。このモヤモヤを言葉に出してスッキリとしたい。次はあと何時間で彼女に会えるか。たかが十時間程度か。それがもの凄《すご》く長く感じられる。

その時、友一は明日が来ることを疑いもしなかった。

「おい友一！　早くしろよ」

帰りの線が同じである翔太に急《せ》かされ、友一は小走りで彼の元へ向かう。その刹那《せつな》、友一はふと立ち止まる。そして両手を広げ、空を見上げる。

「……雨」

そこからは何も、憶えていない……。

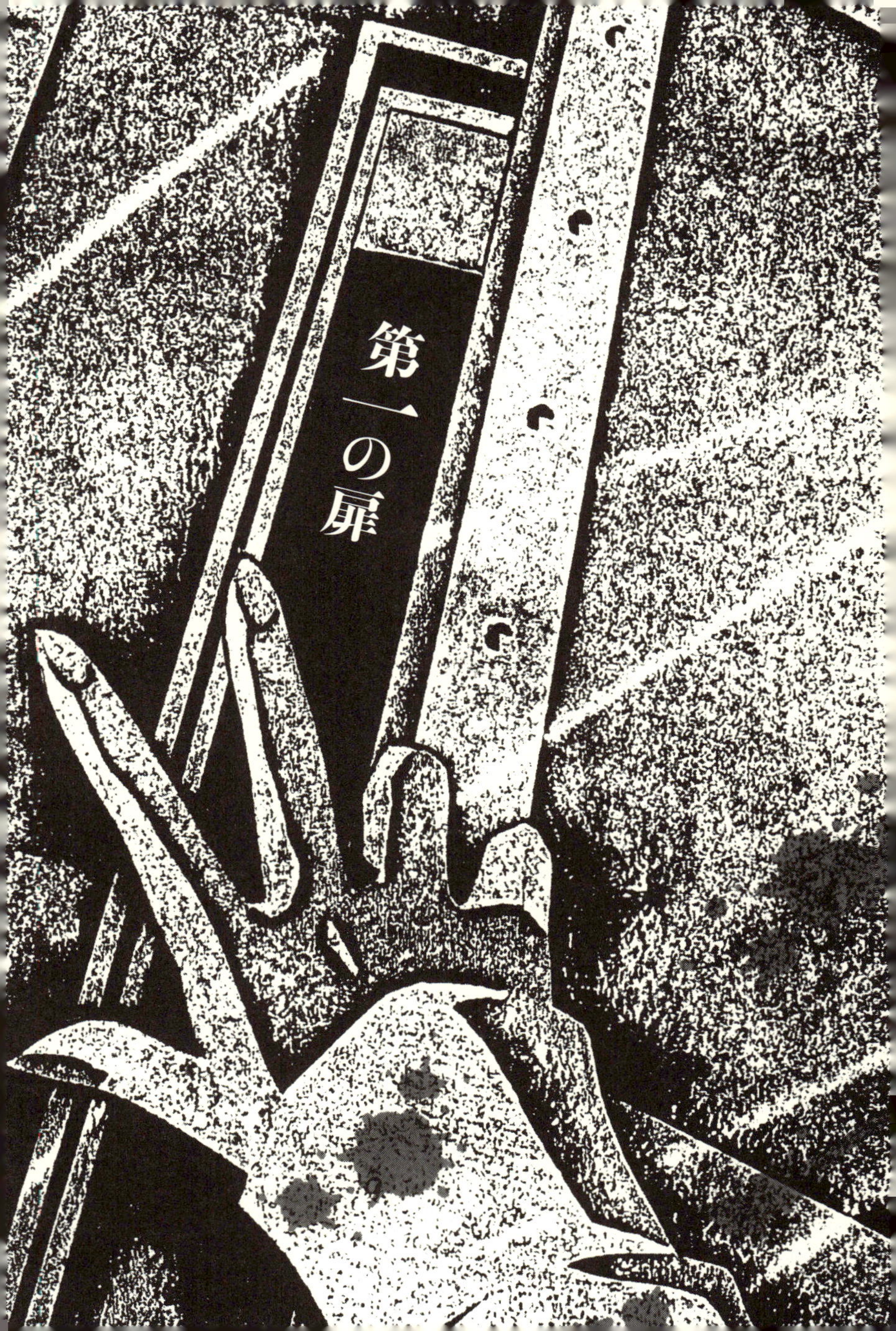
第一の扉

目覚めた優奈は、まず寒さを感じた。

次に襲ってきた違和感。

アパートのベッドで寝ているはずなのにここは違う。

寒さに身を縮めながら床を見る。

どうして私はコンクリートの上で寝ているのだろうか。

ここは……。

辺りを見渡した優奈の目に、あちらこちらに眠っているサークルメンバーの姿が飛び込んできた。

合宿なんかしたっけ？

状況が把握できず、茫然自失《ぼうぜんじしつ》となってしまった。

夢……？

そうでなければおかしいこの風景。

だが違う。夢がこんなハッキリしているはずはない。これは現実だ。

コンクリートで作られた正方形の部屋。広さは十帖《じょう》ほどか。どこにも窓がないため、朝なのか夜なのか全く分からない。

部屋の端っこには照明のスイッチだろうか？　赤いボタンが設置されている。その横には、拳《こぶし》がすっぽりと入るくらいの穴。その正反対の壁には鉄の扉。ただそれだけ。

優奈は改めて七人の姿を確認する。

私たちはどうしてこんな場所にいるのか？

いくら記憶を辿《たど》っても思い出せない。

飲み会の後、駅で別れた時の記憶が最後だ。服はその時のままだった。

髪型も一緒だ。みんなもそうだ。それなのに、あの飲み会が遠い昔のようにも思える。しかし、駅で別れたあとの映像は出てこない。記憶をスッポリ抜き取られたようなそんな感じ。

不思議なのは、〈あの日〉は風邪気味で調子が悪かったのに、今は完全に回復していることだ。

一体ここはどこ？　私たちはどうやってこの場所にやってきたの？

ダメだ。答えは全く出てこない。

まさか、拉致《らち》されたとか？　事件に巻き込まれた……？

拉致という言葉が浮かんだ瞬間、優奈の身体に恐怖がこみ上げる。一人で考えているのが不安で、隣りにいる千佳を起こす。

「千佳……ねえ千佳、起きて」

肩を強く揺すると、千佳は眠たそうに起きあがった。

「優奈？　あれ？　何で？　みんなも……」

はじめのうちボーッとしていた彼女も、辺りを見渡し完全に目が覚めたようだ。

「ここ、どこ？」

怯えた声を洩《も》らし、怪訝な表情で聞いてくる。優奈は大きく首を振り、か細い声で答える。

「分からない。目が覚めたらここに……」

「どういうこと？」

千佳はそう呟いて黙り込んだ。みんなと別れた後のことを必死に思い出そうとしているのだろう。だが、結果は優奈と同じである。

「私も分からないの。何でここにいるのか。とにかく、みんなを起こさないと」

そう言っても、混乱が収まらないのか、千佳は微動だにしない。

優奈は冷静になれ、と自分に言い聞かせ、友一、翔太、美紀、照之、豊、そして竜彦の順番で声をかけていった。一人、また一人と目を覚まし、コンクリートの部屋の中をぐるりと見渡す。

不可解なこの状況に、皆、声が出ない。

ふと、友一と目が合った。彼は怪訝な表情を見せ、改めて部屋を確認し始めた。

次第に、優奈以外の七人のざわつきは大きくなっていく。最初に立ち上がったのは豊だった。

「おいおい、何だよここ！」

文句を吐きながら、鉄の扉のほうに足を進める。そして、銀色のドアノブに手を伸ばし、勢いよく引く。が、扉は開かない。押しても同じである。

「ふざけんなよ！」

苛立《いらだ》ちが募り、豊は扉を蹴《け》りだした。それを見ていた翔太が言った。

「誰かに……閉じこめられた」

その言葉で豊は動作を止め、こちらを振り返る。部屋中が、しんと静まり返った。

「バカ言ってんじゃねえよ！」

地面を強く叩《たた》き、立ち上がったのは竜彦だ。翔太の考えに納得がいかないのか、扉に猛然と駆け寄り、足で思いきり蹴り上げる。バンという大きな音が部屋に響くが、それくらいでは扉はビクともしない。今度は、拳を何度も叩きつける。

「おい！　誰か出てこい！　ここ開けろよ！　開けろ！」

喚《わめ》き散らすが、人がやってくる気配はない。しばらくすると竜彦は、大きく息を吐いてその場に座り込んでしまった。

「何なんだよ、ここは！」

「助けを呼ぼう」

そう提案したのは友一で、すぐに携帯を取り出した。が、一瞬にして表情が曇る。

「どうしたの？」

優奈が尋ねると、友一は液晶画面を見せてきた。

「ダメだ。電源が切れてる」

「え？」

優奈もポケットを探る。が、携帯がない。

「……カバンの中」

しかし、肝心のカバンはどこにも見当たらなかった。

「俺のも電源が入らねえよ」

と豊。

「俺のもだよ！」

光が灯《とも》らない携帯を、竜彦は床に投げつけた。

「携帯が使えなきゃ、助けは呼べない……」

友一はそう洩らして肩を落とした。

「なあ俺たち、どうしてこんな所にいるんだよ」

照之が疑問を口にした。

「みんなもそうなの？　憶えてない？」

「確か」

まだ冷静さを失っていない友一が口を開く。

「飲み会で別れて……なぜかその先が思い出せない」

「美紀ちゃんは……どう？」

美紀に問いかけても無駄だった。恐怖と不安で身体がガクガクと震えている。消え入りそうな声で、神様、神様と唱えている。

「ほんの少しでもいい。みんな何か憶えてないの？」

「みんなみんなって、お前はどうなんだよ。思い出せよ」

嫌いな人物に命令され、優奈はキッと睨みつける。が、すぐに怒りをおさえる。

「私も憶えてない。全く」

しばらくの沈黙。

「私たち、どうなっちゃうの？」

みんなが抱いていた不安をつい口にしてしまった千佳に、竜彦は乱暴な口調で言い放つ。

「知るかよ！」

すかさず優奈は割って入る。

「そういう言い方ないでしょ！」

「何だと？」

怒りに満ちた目。興奮する優奈は引かず、睨み返す。狭い部屋に、険悪な空気が流れる。止めに入ったのは翔太だ。

「いい加減にしろ。仲間割れしたって仕方ないだろ」

そのとおりだ。優奈は深呼吸し、竜彦から視線をそらす。竜彦はこちらに聞こえるくらいの大きな舌打ちを鳴らす。

「とにかくよ、ここから出ることを考えようぜ」

そう、一刻も早くここから出たいと思っているのはみんな同じなのだ。

「でも、どうやって出るんだよ。扉には鍵《かぎ》がかかってるんだぜ」

豊の言うように、鍵を開けない限り出られない。他に脱出場所があればよいのだが、天井にも壁にも窓はないし、スイッチの横にある穴からはとても抜けられない。

「どこかに鍵があるんじゃないのか？」

照之のその言葉に希望の光が灯る。が、それを打ち消したのは友一だった。

「鍵はない」

断定したような口調だった。竜彦は友一に歩み寄り突っかかっていった。

「おい。どうしてそんなことが分かるんだよ。え？」

友一は残念そうに、扉を指さす。

「どこにも、鍵穴がないじゃないか。向こう側から鍵がかかってるんだよ」

全員の視線が、扉のノブに向けられる。確かに鍵穴はどこにも見当たらなかった。

「じゃあ、どうしたら出られるの？」

千佳の質問に、答えられる者はいなかった。

「助けが来るのを待つしかない……そういうことかよ」

翔太の言うように、ひたすら待つしかないのか？

「でも、ずっと誰も来なかったら……」

優奈はつい、絶望的なことを口にしてしまった。その途端、震えていた美紀が崩れ落ちる。

「美紀！」

優奈と千佳が駆け寄り、美紀の上半身を起こす。彼女はもう、失神寸前にまで追い込まれている。

「大丈夫……大丈夫だから」

自分にもそう言い聞かせる。絶対にここから出られる。

「落ち着いて脱出方法を考えよう」

友一が七人をまとめる。優奈は強く頷《うなず》き、まずは一つ深呼吸した。

「おい山岡」

せっかく全員の気持ちが一つになろうとしているのに、竜彦がまた水をさす。

「そんなこと言ってるけどよ、本当に出られる方法なんてあんのかよ。お前が言ったんだぜ？鍵はどこにもないって」

「だから今から考えるんじゃないか」

その答えに納得のいかない竜彦は不満を爆発させた。

「そもそもおかしいじゃねえか。気づいたらこんな所にいて、全員の記憶がねえだ？　本当は何か知ってる奴《やつ》がいるんじゃねえのかよ！」

和を乱す竜彦に対して、ついに翔太が怒声を放った。

「いい加減にしろ！　そんなわけないだろ。お前が何も憶えていないように、みんなだって憶えてないんだ。混乱してるんだよ。なのにみんなを疑ってどうすんだよ。そんな下らねえことを言う前に、脱出する方法を考えろ！」

こっぴどく叱《しか》られた竜彦は、ブツブツと何事かを繰り返している。こんな奴は無視するに限ると、優奈も脱出方法に頭を働かせる。

すると、扉近くにいる豊が、右手を正面に上げて何かを指さした。

「ずっと気になってたんだけど、あのスイッチって、ここの明かりのスイッチか？　扉と何か関係あるんじゃねえの？」

照明のスイッチだと思い込んでいたため、そこには注意を向けていなかった。

「押して……みるか」

恐る恐る翔太が近づく。その彼にしても、押したら余計、悪い展開が待っているのではないかと思っているに違いない。

スイッチを押すことによって、仮に爆発でもしたら……。

優奈は咄嗟《とっさ》に止めに入る。

「待って！　本当に押して大丈夫？」

隣りにいる千佳が囁《ささや》く。

「どういうこと？」

「押しちゃいけないボタンっていう可能性もあるよね」

「……確かに」

と豊。その時、反対の意見を述べたのは竜彦だった。

「押しちまえよ。別にどうってことねえだろ」

すぐに千佳が反論した。

「でも優奈の言うとおり、慎重に行動したほうがいいんじゃない。罠《わな》かもしれないし……」

「臆病者《おくびょうもの》は黙ってろ！」

今になって気がついた。竜彦は自分よりも強い者には逆らえず、弱い者だけを攻撃するらしい。どちらにせよ最低の男だ。

全員の視線が赤いスイッチに集まった。空白の時間が長く続く。決断したのは翔太だった。

「押してみよう」

そう言って、翔太は他のメンバーの意見を聞かずにすたすたと歩を進める。その判断に賛成はできないが、優奈が止める間もなく、翔太は赤いスイッチを押してしまった。すると、扉のほうから小さな音が聞こえた。全員はそれぞれに顔を見合わせ、鍵が開いたと確信した。しかし、再び〈カチ〉と音がする。

豊は扉に駆け寄り、ドアノブを押した。

しかし、期待は裏切られた。扉はビクともしない。

「ダメだ。開いたと思ったんだけどな」

「どういうことだろう？」

友一は腕を組み、再び考え込んでしまった。

気づいたのは翔太だった。

「もしかして」

と呟いた翔太は再びボタンを押す。

「豊、開けてみてくれ」

豊がドアノブに手を伸ばして引くと、扉は簡単に開いたのだ。

「よし！　出られるぞ！」

部屋に歓喜の声が広がる。優奈はホッと息を吐き、出口に向かう。

その時だ。豊の手からドアノブがもの凄い勢いで離れ、バタンと大きな音を立てて閉まってしまった。

「どうして？」

そう言いながら、優奈が振り向くと、スイッチから三歩ほど離れた所に翔太が立っていた。

「……まさか」

何かに気づいたのか、翔太はもう一度スイッチに手を伸ばした。今度は、押したまま指を離さない。

翔太の考えは正解だった。どうやら、スイッチを押している間だけ鍵が解除されるようだ。

優奈は、扉の向こう側を確認する。五メートルほどのコンクリートの通路があり、その先にはまたしても鉄の扉が立ちはだかっている。

あそこを開けば外に出られるの？

だが、一つ問題がある。皆、気づいているが、あえて口にしなかった。それを言葉にしたのは友一だ。

「スイッチから扉まで数メートル。押し続けていないと閉まってしまうということは、誰かがここに残ることになるんじゃ……」

目の前が真っ暗になる。全身から脂汗がジワリと噴き出してくる。

「おい竜彦！　友一！」

そんなの認めないというように、豊は表情を強張《こわば》らせながら二人を呼んだ。

「三人で、扉が閉まるのを阻止するんだ。翔太はボタンを押しててくれ」

翔太は息を呑《の》んで頷いた。三人は力強く扉を引っ張る。

「翔太！　離せ！」

合図とともに、翔太は指を離した。その瞬間、扉を支える三人は派手に吹っ飛んだ。コンクリートに全身を打ったのだろう。三人とも身体の所々を押さえて顔をしかめる。

もろくも崩れ去った豊の策。

部屋は絶望感で満たされた。

突然、悲鳴を上げた美紀が頭を抱えてうずくまる。そしてか細い声でこう呟く。

「やっぱり一人がここに残るということじゃない……」

優奈ですら、安心させてやることができない。

一人が、ここに……。

本当に、そうなの？

「他に何かいい方法はねえのかよ！」

豊の叫び声が響いたその時だった。予測すらしていなかったことが起こった。

スイッチの横にあった黒い穴から凄《すさ》まじい勢いで水が噴き出てきた。

突然の事態に八人は顔面蒼白《そうはく》となって後ずさった。おぼつかない足取りの美紀は躓《つまず》いて倒れている。

やむことなく流れ出てくる水は、コンクリートにビタビタと跳ねる。心臓にまで響いてくる不気味な音。八人はただ、立ち尽くしていた。

部屋のどこにも隙間《すきま》はない。言うまでもなく、徐々に水は溜まっていく。このまま時間が経《た》てば、最悪の結果が待っている。

死が、近づいている。

「やべえよ！　どうすんだよ！」

豊が裏返った声を上げる。真っ先に動いたのは友一だ。自分の着ているダウンジャケットを脱ぎ、

「みんなも上着を脱いで！」

と命令した。何に使うか聞く暇もなく、七人は友一の言うとおりにした。

全員の上着を持った友一は、

「翔太、ボタン押して！」

と大声を上げる。

「お、おう」

扉を開けた友一は大量の衣服を足元に置き始めた。その間、水はドアの向こうにある通路に流れ出している。しかし、そこにも排水口はないのか、部屋の中と同じように、水は溜まっていく一方だった。

「離して！」

作業を終えた友一が指示を出す。洋服で閉まるのを阻止するのだ。

しかし、閉まる方向に動いた扉は、衣服を真っ二つに切り裂き、八人の行き場をシャットアウトした。どうやら、ドアの縁は鋭利な刃物になっているようだ。友一のダウンジャケットから飛び出た白い羽毛が、ユラリユラリと宙を舞っている。

「くそ」

と吐き捨てながらも友一はまだ諦《あきら》めなかった。足元に散らばった羽毛を集めて、スイッチに向かった。

優奈たちはただ、友一の行動を見守ることしかできない。喋《しゃべ》りかける余裕は誰にもない。

友一は、スイッチの隙間に羽毛をつめ、人間の指を使うことなく扉を開ける方法に出たのだ。

「豊！　開いたか？」

友一の動きを見守っていた豊は我に返り、ドアノブを引く。が、開いてはくれない。

あくまで、人間の指でないと作動しない仕組みということか……。

「どうすんのよ！　このままじゃみんな死んじゃう！」

千佳が悲鳴を上げた。

優奈が冷たさを感じて下を見ると、いつの間にか水は踝《くるぶし》よりも上にきている。この状態だと、呼吸をしていられるのも時間の問題だ……。

「どうする！　山岡くん」

一番冷静なのは彼だ。しかし、友一の脱出策はそこで尽きた。

「無理だ……これじゃ全員出られない」

魔の水が、段々と部屋を支配していく。

水はアッという間に膝下《ひざした》までやってきた。

「冗談じゃねえぞ。こんな所で死んでたまるかよ」

壁に貼《は》りついたまま、竜彦が怒鳴った。

「……山岡くん!」

頼れるのは友一のみだ。しかし優奈が声をかけても、友一は反応せず、膝上にまでやってきた水をただ呆然《ぼうぜん》と見つめているだけだった。

皆、パニックに陥って思考がまとまらないのだ。

優奈の頭の中に、死という文字が浮かぶ。

誰か……誰か来て。

夢なら早く覚めて!

優奈は目をギュッと閉じ、神に祈る。だが必死の願いも虚《むな》しく、水は溜まっていく一方だった。

このまま助からないのか。諦めかけた、その時だ。ずっと黙っていた照之が、ポツリとこう言ったのだ。

「俺が残るよ……。だから、みんなは逃げてくれ」

言葉とは裏腹に、緊張に満ちた声だった。突然の台詞に全員の視線が照之に向けられる。何を言っているのかと、優奈と千佳は水を掻き分けて照之の元へ行った。

「どうしてそんなこと言うの？　みんなで脱出するんでしょ！」

優奈がそう説得しても、照之は何も言わない。彼を一番死なせたくないと思っているのは千佳だ。照之の腕をギュッと摑《つか》み懸命に声をかける。

「そうだよ。お願いだからそんなこと言わないでよ！」

照之は顔を伏せ、こう言った。

「でもこのままじゃ、みんな死んじまうだろ。だったら一人が犠牲になったほうがいい。それで七人が助かるならそのほうがいいだろ」

「……照之」

友一が寂しそうに呟く。

「だからって、小野くんが死ぬことないでしょ！」

優奈の言葉に照之は首を振った。

「俺でいいんだ。そういう役は、俺が一番似合ってるから」

照之の決意に、千佳が悲鳴を上げた。

「いや！」

そして照之にすがりつく。

「私はいや！　小野くんには死んでほしくない！　ねえ一緒に逃げよう？」

泣き喚く千佳の頭を、照之は優しくなでた。

「ありがとう加納。でも俺も、お前には死んでほしくないんだ。助けたいんだよ」

「小野くんを見捨ててまで私は助かりたくない！　だったら私が残ったほうが……」

「バカ野郎！　女を死なせられるか！　いいからお前は黙ってここから逃げろ！」

厳しく言い放った後、照之は皆に笑顔を見せた。

「俺のことは……気にすんな」

千佳は子供のように泣き喚いている。優奈は、そんな彼女の姿を見ていられず、目を背けた。

照之の表情は、不思議なほど穏やかだった。誰が何を言っても彼の決意を揺るがすことはできそうにない。彼はそれだけの覚悟を決めたのだ。

止めるのは無理だ……。

刻一刻と時間は迫っている。水はすでに、優奈の腰の辺りにまできていた。

照之は何も言わず、スイッチのほうに足を進める。そして、皆のために鍵を開けてくれた。

「さあ、行ってくれ」

優奈は彼に一歩近づく。

「本気なの？」

照之は何の迷いも見せず頷いた。

「ああ。早く行ってくれ」

だが、誰も動こうとはしない。

水は、胸にまで到達している。

このままでは全員が死ぬ。分かってはいるが、どうしても扉を開くことができなかった。しかし、最初に動きだしたのは、竜彦だった。

「本当に、いいんだな？」

「気にすんな」

改めて確認した竜彦は、

「悪いな……照之」

と言って扉に手をかける。悪い、と言う割には竜彦は照之に簡単に背を向ける。申し訳なさなど微塵《みじん》も感じていないようだった。きっと、照之が自ら犠牲になると言いだした時、好都合だと思い、心の中で笑ったに違いない。

一体、仲間を何だと思っているのだ。

ここまで卑怯《ひきょう》な男、見たこともない。

「照之がこう言ってくれてるんだ。行こうぜ、みんな」

照之の死を気にかける様子もない竜彦をぶん殴ってやりたい気持ちで一杯だった。しかし、他の人間は竜彦の言葉に心を動かされてしまった。

「ごめん……照之」

豊が扉に身体を向ける。

「優奈ちゃん、千佳ちゃん、美紀ちゃんも」

友一までもが、照之を置いてここから出るという選択をしたのだ。

みんな、どうして？

友一が優奈と美紀を引っ張っている。優奈は信じられない思いでいたが、かといって何の抵抗もできなかった。

竜彦の手で扉が開かれると、再び大量の水が通路に流れ出て溜まっていった。部屋から出た優奈の目に、ただ一人残っている千佳の姿が映る。千佳は諦められず、照之の傍から離れないのだ。

「おい加納！」

叫び声を上げながら豊が千佳の元へ急ぐ。そして、泣き叫ぶ千佳の腕を取って乱暴に引っ張る。

「いや！　離して！　離してよ！」

千佳は叫び声を上げながら抵抗していたが、男の力にはかなわず、とうとう部屋から連れ出される。

「小野くん！」

照之はこちらを見ながら強く頷き、ボタンを離した。その瞬間、優奈の瞳から照之の姿は消え去った。通路には、千佳の泣き声がいつまでも響いていた……。

自らの意志で七人と別れた照之は、これでよかったんだと、大きく息を吐いた。自分は、使命を果たしたんだ……。

見つめる先はただ一点。固く閉ざされた扉。向こう側にはまだ七人がいるようだ。千佳の叫びが微かに聞こえてくる。

照之は水をかき分けながら、千佳たちが出て行った扉に近づいた。

彼女の台詞一つひとつが蘇《よみがえ》る。あの時、もの凄く嬉《うれ》しかった。あんなにも自分のことを思って泣いてくれる子がすぐ近くにいたなんて……。

気づくのが遅すぎた。

でも、千佳や仲間たちを助けることができたのだ。それで満足だ。

しかしまだ分からない。どうしてこんなことになったのだろうか。自分たちはいつ、どうやってここへ連れてこられたのだろうか。

犯人は、誰なのか……？

結局全ては謎《なぞ》のままだった。

生き残った七人が真相を突きとめてくれることを願うしかない。

夢なら、冗談なら早く水を止めてほしいが……。

こんな時にそんなことを思う自分がおかしかった。照之はフッと笑って天井を見上げた。すると不思議なことに、様々な思い出がそこに映りだした。

友達と公園で追いかけっこしたり、鉄棒で逆上がりを頑張っている自分。

中学、高校とテニス部で汗を流していたあの頃が懐かしい。

そして大学に入り、今の仲間と知り合った。

短い人生だったと改めて思う。もう少し生きていたかった。将来の夢なんて何もなかったが、もっと色々なことを経験したかった……。

ふと、家族の顔が脳裏を過《よ》ぎる。

せめて、別れの言葉だけでも言いたかった。だが事件の真相を知れば、両親だってきっと分かってくれるだろう。無駄な死ではなかった。息子らしいと……。

水の高さはみるみるうちに上昇し、とうとう唇の上までやってきた。しかし照之は背伸びしてまで回避しようとはせず、ドアノブに摑まり、じっと構えていた。格好悪い死に方だけはしたくなかった。男らしく終わりたい。とはいえ身体は正直だ。魂まで抜けてしまうような、大きな大きな息を吐き出した照之は、震えを抑えるために拳を強く握りしめる。堂々としているが、今にも気を失いそうだった。

辛うじて息ができる状態。だが、その時間も長くは続かなかった。

数分後、部屋は水で満たされた。照之の拳が弱々しく開き、重い身体が浮き上がったのは、それから間もなくのことだった……。

第二の扉

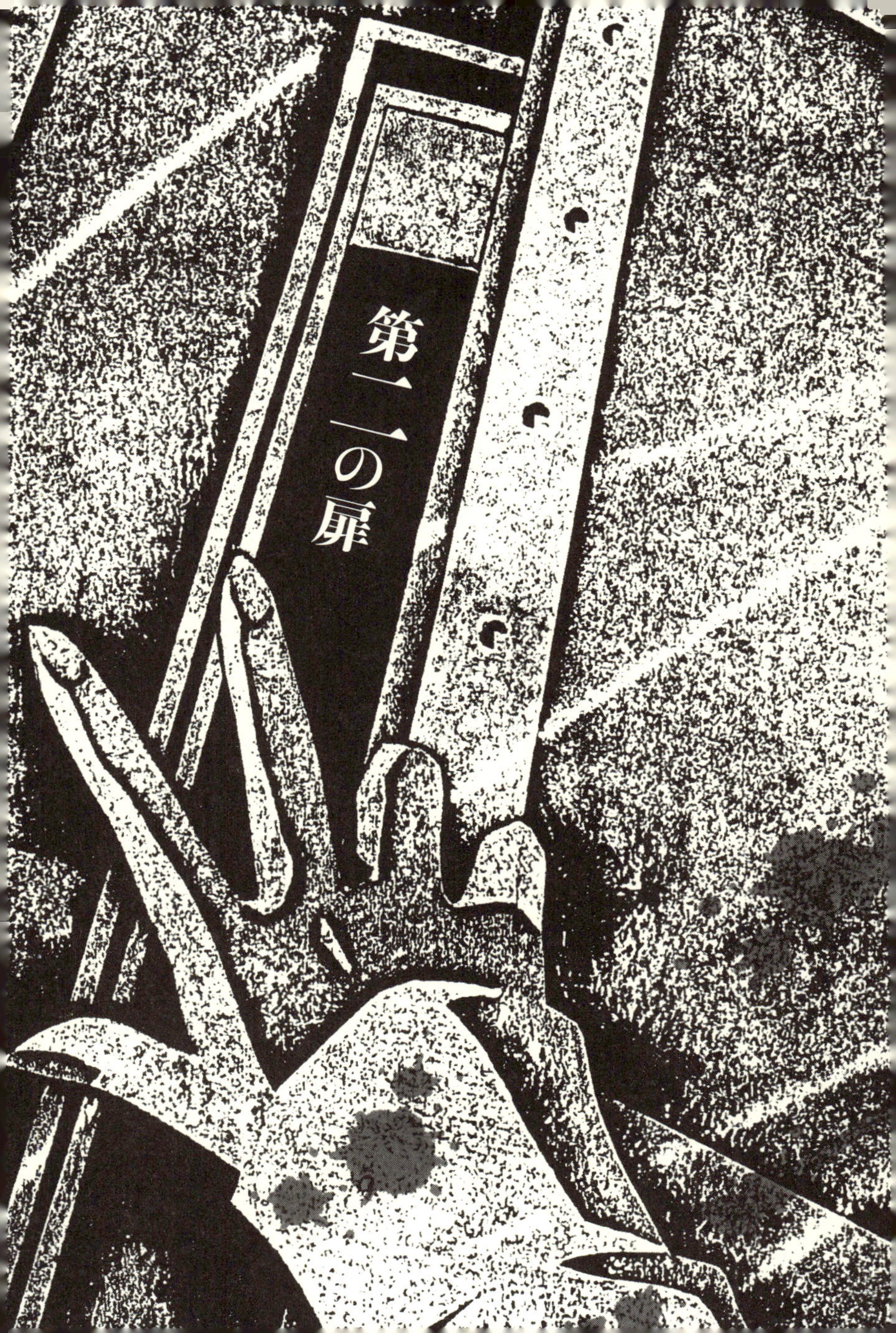

水の噴き出る音が、ピタリと止まった。その意味を悟った優奈は静かに目を閉じ、悲痛な声を洩らした。そして、すすり泣く千佳を優しく包み込んだ。ショックが強すぎて、痙攣《けいれん》してしまっている。優奈はどんな言葉をかけたらよいのか分からなかった。ただ、抱きしめることしかできない。

悲しいし悔しいが、もう照之が帰ってくることはない。自分たちに何ができるのか。

彼の無念を晴らし、そして彼の分まで一生懸命生きること。千佳はこの先、辛《つら》い人生を歩むことになるかもしれないが、照之はそんなことを願ってはいない。今以上に強くなってほしい、と思っているはずだ。自分はそれを千佳に教えなければならない。だが今、千佳の心の傷は大きすぎる。

どんなことを言っても無駄だろう。当分はそっとしておいてあげるのがいいのかもしれない……。

「千佳……」

それ以上は何も言わず、優奈は千佳の手を取った。七人はそれぞれの想いを胸に、出口に進んでいった。薄暗い通路に、水のはねる音が響く。

優奈の脳裏には、照之の面影が映っていた。

千佳がずっと想いを寄せていた人だったから、特に印象が強い。

彼は本当に正義感が強く男らしい人で、一緒にいるだけで心が落ち着くような、そんな存在だった。弱い者や困っている者を目の前にすると放っておけない彼は、〈ヒーロー〉のイメージそのままだった。テニスの練習中に怪我人《けがにん》が出た時、皆が慌てている中、おぶって医務室に連れていったのは彼だったし、優奈自身も助けられたことがあった。一年ほど前、サークルの飲み会で、別のテーブルにいた酔った客から強引にナンパされたことがあり、その時に止めに入ってくれたのが照之だった。追い払った後、彼がホッとしたように息を吐き出したのを今でも憶えている。

その他にも様々な思い出がある。それが走馬灯のように巡る。

優奈の頬を、熱いモノが伝った。

自分たちは、大きな存在を失ってしまった……。

彼は最後の最後まで、正義感が強かった。いや、強すぎたのだ……。

優奈は、無意識のうちに千佳の袖《そで》を力強く握りしめていた。

自分たちをこんな目にあわせた人間が憎い。出口を見据える優奈の瞳は怒りに満ちていた。

七人は、扉の前で立ち止まる。

ドアの中央には『D』と刻印されている。

豊が『D』の文字を指でなぞりながら、

「これ、どういう意味だ?」

と呟いた。

友一がそう口にした瞬間、豊は触ってはいけないものを触ってしまったかのように、手を引っ込めた。

「……もしかしたら、〈Dead〉とか〈Death〉って意味なんじゃないか」

ドアノブに手をかけたのは竜彦だった。犠牲になった照之を気にかける様子もなく、彼は全身の体重をのせて扉を開く。周囲に、錆《さ》びついた音が広がった。

外の明かりが、あるいは月の光が七人を照らす。はずだった……。

目の前に広がる光景は、願いとは裏腹にあまりにも殺風景であり、〈死〉の気配が漂っていた。

鼻を掠《かす》めるコンクリートの臭い。身体中に染みつく冷気。

七人の目には確かに、正方形に作られた、先ほどと同じ部屋と扉が映っていた。通路に溜まっていた水がまるで躍るように部屋に流れ込む。そして床の細かい砂や埃と混ざり合い、ユラユラと揺れる。

不気味なほど静まり返っているこの部屋と、最初の部屋が重なり合う。

魔の水が噴き出し、部屋はまるで巨大な水槽と化していく。閉じこめられた自分たちは金魚のように口をパクパクさせながら死んでいく……。

信じられない光景に、七人は一歩を踏み出すことができない。

「おい。ここから出られるんじゃなかったのかよ！」

状況が一転し、狼狽《ろうばい》する竜彦の言葉に豊が答えた。

「さっきの部屋で終わりじゃない、ってことか？」

「ふざけんな！　出られるに決まってんだろ！」

怒りをまき散らしながら荒々しく部屋に入り、前の部屋と同じ位置にある扉を開こうとした。が、扉はビクとも動かない。

「くそが！」

竜彦が助走をつけて壁を蹴り上げると、その振動がこちらにまで伝わってくる。驚いた美紀が、小さな悲鳴を上げた。

「皆さん」

ただ一人部屋の中にいる竜彦が両手を広げ、注目を集める。自棄《やけ》になっているのか、不気味な笑みを浮かべ、ある部分を指さした。通路にいる六人からは死角になっていて見えないが、優奈は大体予測がついていた。

「そこに、またスイッチと小さな穴がありますよ」

まるで他人事《ひとごと》のように、皮肉な口調で竜彦は言った。

優奈の胸で泣き続けている千佳だけが状況を把握していない。

また、一人が犠牲になる。確実にこの中から。そういうことなのか……。

無言のまま、翔太、豊が部屋に足を踏み入れる。友一はこちらを振り返り、

「俺らも行こう」

と言ってきた。だが優奈や美紀は躊躇《ためら》う。中に入れば、また誰か死ぬことが決まっているのだ。

そうだ。通路にいれば時間が稼げるし安心なのではないか？　また水が出てきたとしても、扉を閉めていれば安全は確保できる。ずっと通路にいれば、やがて助けが来るのではないか。来なければ餓死する可能性があるが、すぐに決断を下すよりはそのほうが……。

「ねえ山岡くん！」

期待を抱く優奈に、なぜか友一は残念そうに首を振る。そして、

「上を見て」

と、天井に人差し指を向けた。優奈は、指されるままに〈そこ〉を見上げた。最初は友一の言わんとするところが分からなかった。しかしよく見ると、前の部屋で水が噴出してきたのと同じような小さな穴が、天井にポツリと開いているのだ。薄暗いので全く気づかなかった。

あとは容易に想像がついた。

そんなに甘くはなかったのだ。

助かる場所はどこにもないのか……。

通路にいても無駄だと諦めた優奈は、千佳と美紀とともに部屋に入る。七人が中央に集まった途端、開いていた扉に強い力が働き、心臓に響くほどの大きな音を立てて閉じられた。

密室となった部屋に、千佳の泣き声が響き渡る。いつまで経っても泣きやまない千佳に、竜彦は明らかに苛立っている。そして我慢は長くは続かなかった。彼女の耳元で怒声を放った。

「わーわーうるせえんだよ！　何とかしてやろうって考えてんのに集中できねえだろが！」

人の気持ちを考えようともしない竜彦を、優奈はキッと睨みつけた。

「何だその目は？」

「最低！」

その途端、激しい勢いで竜彦の手が優奈の肩を掴んだ。

「殺すぞ」

と脅されても、優奈は一歩も引かなかった。

「やれば」

「ああ？」

横に立っていた友一が突然、竜彦の胸ぐらを摑んで壁に押しつけた。

「彼女に手ぇ出すんじゃねえ。次やったら俺が殺すぞ」

いつも穏やかな友一が目を剝《む》き、青筋を立て、ピクピクと小刻みに震え興奮している。その顔はまるで鬼のようだった。

こんな彼を見たことがなかった。他のみんなも、今の状況を忘れて啞然《あぜん》としている。それくらい、意外な行動だった。

友一に怖《お》じ気《け》づいた竜彦は、「わかったよ」と呟き、優奈に背を向けて唾《つば》を吐く。

優しい表情に戻った友一は、

「大丈夫？」

と声をかけてくれた。優奈は弱々しく頷いた。

「……ありがと」

「今度こそ、みんなで脱出しよう。照之のためにも」

「うん」

そうは言ってみたものの、妙案は浮かばなかった。焦りが募るばかりだ。

「何か方法はないのかよ。早くしないと……」

翔太はそこから先の言葉を吞み込む。

「やっぱり、ここでまた……」

弱気になる豊を優奈は勇気づける。

「諦めちゃダメよ。助かることだけを考えようよ」

「さっきだってそんなこと言って、結局、照之は死んじまったじゃないか」

それを言われてしまうと返す言葉がない。大切な仲間を失ってしまったのは確かだ。

「何とかならないのかよ、友一」

いつも皆を引っ張っていく翔太も、さすがにお手上げの様子だった。

「全員が出られる方法……」

友一が悩んでいると、竜彦が横から茶々を入れてきた。

「仮に全員がこの部屋から出られたってよ、どうせまた同じような部屋が待ってるんじゃねえの？」

認めたくないが、そうかもしれない。でもこの部屋の脱出方法が分かれば、たとえ次に部屋があったとしても、同じ方法で出口まで一気に突き進むことができるかもしれない……。

「どうなんだ、友一。何も思いつかないんだろ？」

先ほどの仕返しのつもりだろうか、竜彦は友一に突っかかった。友一は何も聞かないようにしているのか、ただじっと扉のほうを見つめている。

「いくら考えたって無駄なんだよ」

友一はあくまで考えに集中している。

「だったらよ！」

竜彦の口調が更に荒々しくなる。そんな彼に優奈は異変を感じる。

何をするつもりか、竜彦はスイッチから一歩二歩と離れ、反対側の壁に背中を貼りつけた。

「こんなスイッチ、ブッ壊せばいいんだよ！」

叫ぶと同時に、スイッチ目がけて走りだした。そして、扉を開くスイッチを靴の踵《かかと》で潰《つぶ》すという暴挙に出たのだ。

「何やってんだよ竜彦！」

すかさず、翔太と豊が止めに入る。取り押さえられた竜彦はなおも暴れ回る。

「離せ！　離せ、くそ！　どうせ俺らは死ぬんだろ！　同じことだ！」

「いい加減、落ち着けよ！」

自棄になる竜彦を、翔太は思いきり殴りつけた。殴られて吹っ飛んだ竜彦は、翔太を睨んだまま立ち上がろうとはしなかった。

「いつまでひねくれたこと言ってんだ！　頼むから違うことに頭を働かせてくれよ！　このままじゃマジで全員死んじまうぞ！」

翔太の必死の言葉に、竜彦はションボリと俯いてしまった。そして、小さく呟いた。

「悪かったよ……少しパニクっちまったんだよ」

竜彦が全員に謝るなんて、意外だった。驚きはしたが、優奈はホッと胸をなで下ろす。時間はかかったが、これでみんなの気持ちは一つになった。

が、その直後だった。七人の耳に、どこからか空気の漏れるような音が聞こえてきたのだ。

「なんだ？」

と豊が音の出所《でどこ》を見回す。

「静かに」

友一は人差し指を立てて耳を澄ます。そして、ゆっくりと一歩踏み出した。彼の向かった先は、スイッチの横にある小さな穴。どうやらそこから空気が漏れているようだ……。

頭に浮かぶのは、悪い状況ばかり。脈拍が段々と速くなる。優奈たちは、友一の動きを固唾《かたず》を呑んで見守っていた。

「山岡くん？」

沈黙に耐えきれず、優奈が声をかけたその時、友一は咄嗟に穴から後ずさり、血相を変えて声を張り上げた。

「ガ、ガスだ！　みんな離れろ！」

その言葉を聞いた瞬間、額、首筋、背中からドッと汗が滲《にじ》み、ツーッと滴が垂れる。

事態を把握できずに立ち尽くしている六人に、友一は再度呼びかけた。

「みんな早く！　できるだけその穴から離れて！」

優奈は呆然としたままの千佳の腕を引き、友一の傍に移動する。部屋の隅に全員が集まったところで、友一は次の指示を出す。

「みんな、床に伏せるんだ！」

ガスを吸い込まないように、優奈たちは床に貼りついた。頬に、ヒンヤリと冷たさが走るとともに、恐怖で心臓がギュッと強く締めつけられた。

その時だ。優奈は咄嗟に立ち上がった。まだ、千佳が姿勢を低くしていないのだ。放心状態の千佳は、照之が眠る部屋のほうを見つめている。

「ち、千佳！」

優奈は強引に彼女を俯かせ、頭を押さえつける。

千佳はもう生きていないようだった。無表情のまま、ただ息をしているだけだ。全ての感情を、失ってしまっている……。

「千佳！　しっかりしてよ！　お願いだから！」

肩を強く揺すっても、意識は照之に向けられたままだ。いくら声をかけても返ってくる言葉は、小野君、のただ一言だけで、優奈の姿は全く映っていない。

「おい……どうする」

豊が皆に意見を求める。友一と翔太は顔を見合わせ、竜彦は鋭い目でガスの出てくる穴を見据えている。美紀は、顔全体を両手で覆い、助けてくださいと繰り返している。

「友一。本当にガスなのかよ?」

翔太の問いかけに友一は小刻みに頷いた。

「どうにかならないのかよ……」

情けない声を出す豊に友一が厳しく言い放つ。

「あまり喋るな」

「だってよ……」

一瞬ではあるが、優奈はガスの臭いを捉《とら》えた。初めのうちは微かに臭う程度だったが、時間が経つにつれ、衣服に臭いがしみ込み、両手で口と鼻をしっかりとガードしているにもかかわらず、身体がガスに包み込まれるようだ。

目を閉じても、洩れ出すガスの音は途切れることなく聞こえてくる。誰かが犠牲になるまで、やむことはないのだろうか……。

徐々に、部屋がガスで満たされていく。ここまで窮地に追い込まれても、優奈にはどうすることもできない。刻一刻と、時間は過ぎていく。何もせず、死を待つことしかできないのだろうか。焦りと悔しさがこみ上げる。

優奈は、友一にすがりつくような視線を送った。

すると、じっとしていられないというように、突然、友一が立ち上がった。

「……山岡くん？」

優奈は彼の動きを目で追った。

何をするのかと思っていると、友一は自分の着ているセーターを脱ぎ、それを穴に突っ込んだ。友一の意図を悟り、翔太と豊も衣服を脱いで、穴の中に押し込んだ。

ガスの出所を塞《ふさ》ぐと、先ほどまでの音は聞こえなくなった。しかし、ただそれだけのことで、単なる時間稼ぎにしかならないと誰もが分かっていた。今もガスは微かに漏れているはずなのだ。なのに、まだ脱出方法が見つからない。時間ばかりが過ぎていく。

結局はこのまま意識が遠のき、死んでいくのではないだろうか。優奈が一瞬描いたその光景が、いよいよ現実のものになろうとしていた……。

ガスが出始めて約二十分。穴を塞いでいるとはいえ、やはりガスは漏れているようだ。その証拠に、頭がクラクラし始め、吐き気が襲ってくる。それだけではない。重い荷物を背負っているかのように、いつしか身体がいうことをきかなくなっている。

「優奈ちゃん！　大丈夫か？　しっかりして！」

ぐったりと横たわる優奈を見て、友一は懸命に声をかけてきた。隣りに友一がいなければ、意識を保つことはできなかったろう。

「……大丈夫」

と辛うじて返事をする。

しかし、さらに数分が経つと、友一からの言葉もなくなってしまった。目の前がかすれ、意識が朦朧《もうろう》とし始める。皆もそうなのだろう。魂の抜けたような瞳で、それぞれ幻覚を見ているのだろうか。いつ気を失ってもおかしくない状態であった。

「お父さん……お母さん」

優奈は、岐阜で暮らす両親の姿を見ていた。二人が助けに来てくれたのだと、心の底から安堵する。

父と母が、そっと手を差し伸べてくれる。優奈は二人の手を取り、重い身体を全て預けた。両親の温もりが、心に染み渡る。安心した優奈は、涙をこぼした。

父と母に支えられた優奈は、自分がまだ生きているのだと改めて思った。そして、これからも生きていけることにありがたみを感じた。

父が扉を開くと、すぐ先には眩《まぶ》しいほどの光が溢れている。出口だ。

優奈は、力を振り絞って母の手を握る。母は、握り返してくれた。見つめ合い、微笑む。

三人はゆっくりと出口に進んでいく。

助かった。

優奈はそう呟き、深い眠りに入る。いつまでも両親の温かさを感じていた……。

「優奈ちゃん！　おい優奈ちゃん！　大変だ！」

幻を見ていたのだろうか。突然、耳元で男の人の声が聞こえた。

「山岡……くん？」

弱々しい声を出しながら、何とか現実に引き戻された優奈は、違和感を覚えた。何かが足りない。ふと横を見ると、そこに千佳の姿がなかった。

前を見上げると、千佳は何かに取り憑《つ》かれたように、フラフラとスイッチのほうに向かっている。

優奈は、千佳を呼び止めようとした。が、声に力が入らない。声が届かなかったのか、千佳は止まるどころか振り返ってもくれない。

自分の名を呼ばれていることに気づいていないようでもある。

「……千佳」

立ち上がろうとしても力が入らず、優奈はグッタリと床に突っ伏した。その時唇が切れ、微かに血の味を感じる。

「山岡くん……千佳を」

友一は弱々しく頷く。

「……分かった」

友一が起きあがろうとしたその時であった。

「来ないで!」

千佳は大声を張り上げ、友一の動きを止めた。そしてスイッチに手を伸ばした。カチリと鍵の開く音が聞こえると、千佳はこちらに向き直り、改めて、今度は静かにこう言った。

「お願い……来ないで」

決意はもう固まっている、そんな口調であった。

「千佳……やめて……戻ってきて」

優奈が説得しても、千佳の心は変わらなかった。首を横に振り、俯きながらこう言うのだ。

「こうさせてほしい。優奈、分かって」

それで納得できるはずもなく、優奈は懇願した。

「そんな悲しいこと言わないで。お願い……」

「無理だよ。私はもう無理。小野くんと一緒に死ねるなら、それでいい」

「……千佳」

「だからみんな行って。私のことはもういいから」

「どうして……どうして諦めるのよ！」

千佳は照之を失い、自分を見失っているだけなのだ。なぜそう簡単に死を受け入れてしまうのか。ただただ悔しかった。なのに気力と体力が残っていないせいか、引き留めることができない。

「ごめん……優奈」

ガスに体力を奪われている千佳は今にも倒れそうだ。最後の力を振り絞ってスイッチを押し、扉を開けてくれている。その姿に熱いものがこみ上げる。

涙が溢れ、千佳の姿がぼやけてくる。

何を言っても、千佳の決意は揺るがないだろう。しかし、親友を置き去りにしていくことはできない。それなら私も残ろう。優奈はそう決めていた。

「行くぞ……豊」

何の躊躇いも未練もなく、竜彦と豊は立ち上がり、蹌踉《よろ》けながら扉を開き、通路へ出てしまった。翔太や美紀でさえ、千佳に一切の言葉をかけず、部屋を去っていった。それだけ皆、極限状態に追い込まれていたのだ。

「優奈も山岡くんも、早く……行って」

息をするのがやっとのはずの千佳はスイッチを押し続け、必死になって堪えている。二人とも早く部屋から出て私を楽にさせてほしい。そんな思いが伝わってきたが、優奈は絶対に立ち上がるまいと決めていた。

「千佳ちゃん……ごめん」

また一人、部屋を後にしようとしている。友一が立ち上がったのだ。

彼もいなくなってしまうのか。

しかし裏切り者だとは思わない。ただ、友一に視線も向けなかったし、何の言葉もかけなかった。彼がいなくなるのを待った。が、扉の開く音はなかなか聞こえてこなかった。

「優奈ちゃん！　来るんだ！」

座り込んだまま頑として動かなかった優奈は、友一に腕を取られた。

「な、何するの」

「来るんだ！」

彼の手を振りほどきたくても、腕が動いてくれない。

「いや……触らないで」

「山岡くん、優奈を助けてあげて」

千佳の言葉に、友一はしっかりと頷いた。

「千佳……どうして」

「さあ、優奈ちゃん」

友一は優奈をグイグイ引っ張っていく。それに抵抗する力は、もうどこにも残っていなかった。

「離して、山岡くん」

「ダメだ！」

友一の視線は、出口の扉だけに向けられていた。

彼の手で扉が開かれた。その音が、千佳との別れの合図のようであった。

優奈は友一によって、通路に引っ張り出された。

「千佳！」

彼女はこちらを見つめ、小さく口を開いた。

「ありがとう……優奈」

これが千佳の最後の言葉だった。もう一度叫ぼうとした途端に扉は閉じられ、千佳の姿は視界から消えた。

優奈は地面に崩れ落ち、弱々しく扉を叩く。

「千佳！　千佳、開けて！」

何度呼びかけても、反応はない。

間もなく、千佳が倒れた音が、微かに耳に伝わってきた。その瞬間、優奈の手は、ダラリと垂れた。

優奈の叫びは、通路だけではなく千佳のいる部屋にまで響いた……。

スイッチを離し、床に倒れるまでの間、時はゆっくりと流れているようだった。一瞬の出来事のはずなのに、これまでの人生が蘇り、倒れた途端、泡のように消え去った。

喘《あえ》ぎながら、千佳はみんなが出ていった扉を見つめたが、目に映る光景は正常ではなくなっている。辺りは歪《ゆが》み、色彩が濁っている。遂には視界の端々に黄色い靄《もや》がかかりだした。少しずつ身体の機能が破壊されていくのが分かる。

もうほんの数秒遅れていたら、優奈まで死なせてしまうところだった。この先、何が待ち受けているか分からないが、とりあえず間に合ってよかった。出口に辿り着ける可能性だってあるのだから。残った六人が助かることを祈ろう。

ここは一体何だったのかと思うが、もうそんなことはどうでもよかった。残り少ない時間は照之のことを思っていたい。

「小野くん……」

地面に頬をつけて、小さく声に出す。すると、目の前に彼が現れてくれた。千佳は嬉しくて、満面の笑みを浮かべる。弱々しく手を伸ばすと、暖かい手で握ってくれた。安心感が身体を包む。死ぬことが全く怖くなくなった。

目を閉じると、彼が話しかけてくれた。千佳は心の中で答える。やっと恋人同士になれた。千佳はこれが最後だからと、照之の姿を目に焼きつける。

二人の会話に終わりはなかった。彼とこんなに話したのは初めてだ。嬉しくて、楽しくて、いつまでもこの時間が続くことが幸せだった。

が、所詮《しょせん》、妄想の世界。その映像はプツリと切れた。目の前に広がっているのは、冷たい部屋……。

もう一度瞳を閉じて、照之を思い浮かべる。

ずっと好きだったのに、想いを伝えることがどうしてもできなかった。今まで一番、愛した人だったのに……。

千佳は自分なりの理想をずっと思い描いていた。これは、優奈にも一度も話したことがない。

照之とつき合って、プロポーズされて結婚して子供を産み、専業主婦として家庭を守る。そして、彼が定年退職したら一緒にフラワーショップを開く。それが夢だった。しかし、もうその日が来ることはない。せめて、一回だけでいいから手をつないでデートしてみたかった。どこでもいい。彼と二人で歩いてみたかった……。

心残りはたくさんある。しかし、彼と一緒に死ねるのだ。もしかしたら自分は幸せなのかもしれない。

少しでも彼に近づこう。

そう思い、千佳は扉を目指して懸命に這《は》っていった。確実に彼との距離は縮まっているはずだ。

それでも、千佳の気力と体力はそう長くは保《も》たなかった。

糸が切れたように動きが止まり、千佳は力尽きた。

千佳は最後に照之と手をつなぐ自分を見ていた。二人とも、楽しそうに微笑み合っていた……。

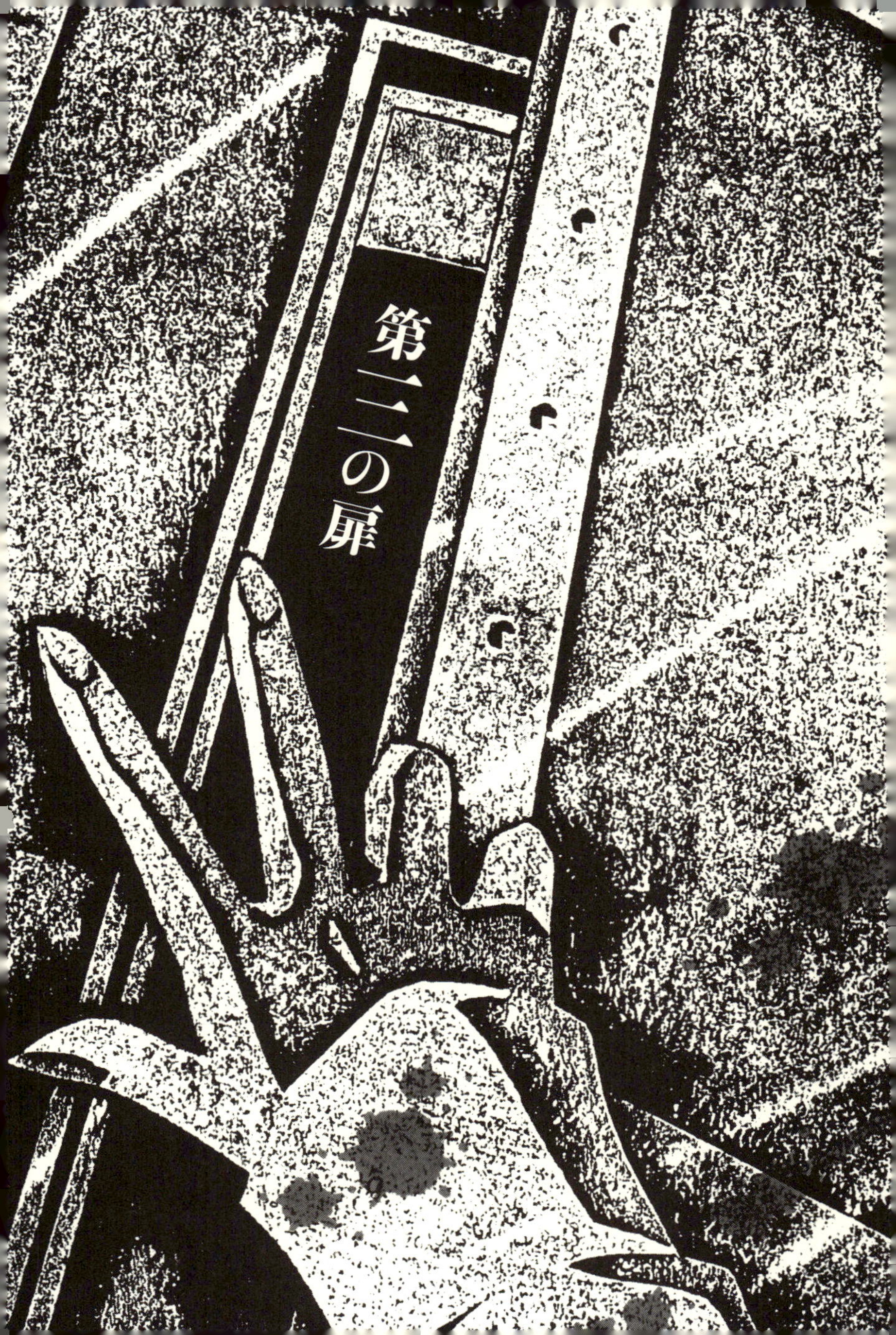
第三の扉

「さあ、優奈ちゃん」

泣き崩れる優奈に、友一がそっと手を差し伸べてきた。しかし優奈はそれを振り払った。ここから離れたくなかった。このまま千佳の傍にずっといたかった。

「分かってくれ。君まで死なせることはできなかったんだよ」

それでも置いていってほしかった。自分だけ生き続けるなんて辛すぎる。

「彼女だって君を助けたかったんだ。だからそんなに自分を責めないでほしい」

千佳の死を受け入れられない。これ以上先へは進めない……。

いつまでも現実を見ようとしない優奈に、友一の語気が強くなる。

「ずっとそうしてるつもりか？　君は、彼女の分まで生きなきゃいけないんだぞ？　その責任があるんだ」

千佳の分まで……。

涙を抑えることはできないが、優奈は顔を上げる。そして友一の目を見つめた。

それは照之を失ってショックを受けている千佳に、自分が言おうとしていた言葉だ。

改めて自分の弱さを実感した瞬間だった。

彼の言うとおり、千佳の分まで生きていかなければならない。何も考えず、死を望むなんて、命を懸けて助けてくれた千佳に申し訳ない。我を見失っていた自分が恥ずかしかった。

「さあ、立とう」

友一はもう一度、手を差し伸べてくれた。

優奈は彼の手を借り、ゆっくりと立ち上がる。心の傷はしばらく癒《い》えることはないだろうが、それでも現実を見つめなければならない。

千佳……。

彼女と過ごした日々が、頭の中に鮮明に浮かび上がってきた。

何といっても大学に入り、一番最初に仲良くなったのが千佳だった。

あの頃は田舎から出てきたばかりでなかなか都会に馴染《なじ》めず、ずっと独りぼっちだった。そんなある日の授業中、千佳がノートを写させてほしいと声をかけてきた。それが彼女との出会いだった。

かなり遊んでそうな子、という第一印象だった。髪には金のメッシュが入っているし、両耳には合わせて五個以上ものピアスをつけていたのだから。だが外見とは裏腹に、千佳は純粋で、誰よりも思いやりのある子だった。

そんな彼女と話していくうちに優奈は段々と打ちとけていった。右も左も分からない自分に、彼女は色々なことを懇切丁寧に教えてくれた。彼女から誘われなければサークルに入ることもなかったろう。

学校にいる間は、ほとんどの時間を千佳と過ごしていたはずだ。休日に会うことも多かった。渋谷で映画を観たり、ショッピングしたり、代官山で食事したり、ディズニーランドへ行ったり、思い出が多すぎて、数えきれないくらいだ。彼女がいたからこそ、ここまで楽しい生活を送ることができたのだ。

本当にいい友達だった……。

最後に彼女はこう言った。

ありがとう、と。

本来なら、自分が伝えなければならない言葉だったのに……。

優奈はあえて別れは告げず、

「千佳……ありがとう」

と心の底から思いを伝え、前で待つ五人に身体を向けた。

「みんな、ごめん」

冷静さを取り戻した優奈を見て、翔太や友一は安堵したようだ。しかし、安心するのはまだ早い。

薄暗い通路の正面に立ちはだかる扉の向こうは天国か、それとも地獄か。六人は運命の岐《わか》れ道に立たされている。

どうか、残った六人に一筋の光が射し込みますように……。

優奈は扉を見据えてひたすら祈った。

これ以上、誰も失いたくはない……。

「開けるぞ」

扉に手をかけたのは翔太だ。五人は固唾を呑んで、運命の時を待った。

錆びた音を立てながら扉が開かれる。先ほどのことがあるので優奈はなかなか顔を上げることができない。絶望感を覚えたのは、隣りに立つ友一の深い溜息が聞こえてきたからだ。

ゆっくりと顔を上げた優奈の瞳には、青く澄んだ大空は映らない。灰色の、壁と天井。その先には、またしても同じ扉。

運命の線路を走っていた列車は、地獄のほうを進んだというわけか……。

自分たちは、いつ助かるというのだ。

誰も口にはしないが、皆予測している。ここでまた一人、犠牲になるのだ……。

辺りを警戒しながら、六人は〈死の部屋〉に足を踏み入れる。

先ほどと同じく、全員が部屋に入った途端、扉は閉ざされた。その音に美紀が小さな悲鳴を上げている。

「今度は……何だ？」

豊は音を立てぬよう、辺りを見回す。優奈も、全体に目を配る。そこであることに気づいた。今までと違うことが二つだけある。これまで部屋にあった、扉の鍵を解除するためのスイッチと、その横にあるはずの小さな穴がここにはない。

友一もそれに気づいていた。

「どうやって、ここから出るんだ？」

そう呟いて、先に続く扉に手を伸ばしたが、扉には鍵がかかっている。

「無理だ……やっぱり閉められている」

鍵穴もスイッチもない。今度ばかりは友一も、どのように解除するのか、その謎を解くことはできないようだ。

「ここでは一体どんな仕掛けが待ってるんだ？」

翔太は天井や壁を念入りに確認していたが、目につくようなモノは何もないようだ。かといって、何も起こらず勝手に開くはずはないのだが……。

皆の不安がピークに達する中、黙り続けてきた竜彦が固く閉ざされた扉の前に立ち、こう呟いた。

「長期戦か?」

　全員の視線が竜彦に向けられる。

「どういう意味だよ」

　困惑気味の豊に、竜彦は背を向けたまま答えた。

「今までは必ず誰か一人が犠牲にならなければならなかっただろ。きっとここも例外じゃない。誰か一人が死ぬまで、この扉は開かないはずだ。でも今まで水やガスが出てきた穴は、この部屋のどこにもない。ということは長期戦。誰かが餓死するまで開かないんじゃないのか」

　妙に平静を保っている竜彦に豊は、

「餓死?」

　と聞き返す。

「ああ。俺の予想ではな」

　こちらに背を向けている竜彦の表情は見えないが、その雰囲気から恐怖や不安は一切感じ取れない。むしろ、どこか自信がみなぎっているようにも思える。すでに二人が犠牲になっていて、次は自分の番かもしれないのに、どうしてこんなにも堂々としていられるのだろうか。しばらく大人しかったので少しは安心していたが、今の態度で余計彼が分からなくなった。不気味なほど、静かすぎやしないか……。

「餓死するまでの……戦い」

まだそうと決まったわけではないのに、豊は力尽きたように腰を下ろす。まるで、竜彦にマインドコントロールされているようであった。

「ちょっと待ってよ」

竜彦は優奈の反論を予想していたようだ。

「もちろん。長期戦と決まったわけじゃないが」

二人の視線が重なり合う。何かにつけて優奈に絡んできた竜彦だったが、余裕の笑みを浮かべ視線をそらした。

先ほどとは打って変わり、お前など相手にしない、というような表情だ。

何を考えている？　どす黒いオーラが漂っているようにも見える。

地べたに座っている豊が、ポツリと洩らした。

「俺、思うんだけどよ。結局、誰も助からないんじゃないのか？」

一瞬の沈黙。誰もが心のどこかで予測していたことだった。だが、これまで口には出さず必死に呑み込んでいた。

「そんなこと、ないよ」

「だってよ」

「進んでも進んでも外に出られねえじゃねえか。ここでも一人。次でも一人。俺たち、全滅するんだよ……」

二人が犠牲になったのは事実だ。誰も、励ましの言葉をかけられない。

やはり自分たちの想像どおりの結末になるのかと、優奈たちは気を落とす。

いつの間にか、全員が助かる方法を考えようとする者はいなくなった。どこにも脱出方法が見当たらないのだ。ただ、時の流れに任せるしかなかった。

自分たちはまるで死刑囚だ。次は自分の番かとビクビクしている。罪など、犯していないのに……。

それからどのくらい経ったのだろう。この部屋では何も起こる気配がない。

竜彦の推測どおり、長期戦になるのかと思われた。

しかし次の瞬間、驚いたことに、出口の扉が勝手に開いたのだ。相変わらず地面に座っていた豊は、その音に過敏に反応して立ち上がる。

誰も犠牲にならずここから出られると、優奈も表情に力がこもる。

全員が助かるかもしれない、と期待したその矢先であった。

通路から、小さな影がスッと伸びてきた。何が起ころうとしているのか考える間もなく、部屋に青いトレーナーに半ズボン姿の一人の男の子が現れたのだ。

突然の闖入者《ちんにゅうしゃ》に、六人は驚きの色を隠せなかった。

男の子は静かに扉を閉め、部屋の真ん中に進んできた。六人は、無意識のうちに後ずさってい
た。

部屋の中央で立ち止まった男の子は、顔は一切動かさず、一人ひとりを舐《な》め回すように見つめる。まるで獲物を吟味するかのように。

美紀、友一、そして優奈の番が回ってきた。お互いの視線が重なり合っている間は生きた心地がしなかった。呼吸するのも忘れてしまうくらい緊張はピークに達した。単なる子供だとは思えない。

その後、男の子は豊、翔太、竜彦の順で顔を確認していく。検査するかのような作業を終えると、なぜか男の子は顔を伏せ、目を閉じて動かなくなってしまった。まるでスイッチをオフに切り替えられたロボットのように。胸の微かな動きも感じ取れない。呼吸すらしていないようだった。

姿形は人間そのものだが、精密な機械で作られているのではないかと思うくらい、男の子は妙に不自然である。子供だというのに感情がないのだ。喜怒哀楽を知らないというより、心がない？

男の子を凝視した優奈は、ある特徴に気がついた。

皮膚だ。女性からすれば羨《うらや》ましいほどの艶《つや》を放つ彼の肌には、皺《しわ》や細かい模様がない。

まるで、マネキンのような……。

六人は顔を見合わせ、再び男の子に目をやる。沈黙を破ったのは翔太だ。子供を見ながら小声を洩らす。

「どうなってんだよ……おい」

「扉開いてんのかな。こんなガキ、無視して行っちゃっていいんじゃねえの？」

豊は言うが、動こうとはしなかった。

「山岡くん、どう思う？」

優奈がそう聞くと、友一は難しい顔を見せた。

「あまり、安易に動かないほうがいいような気がするけど」

「……だよね」

「じゃあどうすんだよ。一生睨めっこしてろっていうのかよ」

豊が多少声を張っても、男の子は身動きもしない。

優奈はふと、竜彦を一瞥する。彼はじっと男の子を見据えている。決して自分の意見は述べず、他の五人の動きを窺《うかが》っているような……。

優奈は、竜彦に探りを入れてみた。

「牧田くんは、どう思うの？」

すると竜彦はヌラリとこちらに顔を向け、

「さあ」

と言って上唇を浮かした。そのあまりの不気味さに、優奈は思わず視線をそらしてしまった。

「そ、そう」

まだ、竜彦のネットリとした視線を感じる。心を読まれたのではないかと優奈は動揺する。揺らぐ気持ちを隠そうとしたが、口をついて出たのは不自然な台詞だった。

「この子、どこから来たのかしら？」

人を小バカにしたような竜彦の笑い声が聞こえた。

「そんなこと……今はどうでもいいわよね」

全身から心地悪い汗がドッと噴き出してくる。竜彦を意識すればするほど、心臓の鼓動は激しさを増していった。

気まずい空気を紛らわしてくれたのは、意外にも美紀であった。

「ねえ、僕？」

近寄りはしないが、美紀は中腰になって男の子にか細い声をかける。しかし、子供からの反応はない。美紀は、ほつれた髪を耳にかき上げ、メガネの位置を直すと、再度呼びかける。

「僕？　お話聞かせてもらえないかな」

優しい口調で声をかけるのだが、やはり結果は同じである。眠っているのか、それとも聞こえていないフリをしているのか。何か特殊な合い言葉を言わなければ、もしくは決められた動作をしなければ目を覚まさないような、そんな雰囲気だ。

「僕？」

全く手応えがないのに、美紀は諦めようとはしなかった。いつも大人しい彼女がここまで熱心に話しかけるなんて、と意外さを感じていたが、よく考えてみれば、別段驚くようなことでもなかった。

前に一度、美紀は合宿先で自分の夢を語ったことがある。

将来、小学校の先生か保育士になりたいと。子供が好きで好きで、公園で遊んでいる子供たちを見ると優しい気持ちになれるのだそうだ。一生、大勢の子供に囲まれて過ごしたいと、静かながらも一生懸命話していた。

あの時は正直、彼女には向いていない仕事なのではないかと思った。美紀は大人しすぎるし、人見知りも激しい。そんな子が学校の先生や保育士など務まるはずがないのだ。しかし状況はどうあれ、目の前にいる子供に接する彼女を見て、自分の考えが間違っていたことに気づいた。

美紀は心の底から子供を愛している。真剣に、子供に関わる仕事に就きたいと考えているのだ。

「聞こえてるかな？」

そう尋ねながら、美紀は恐る恐る男の子に近寄っていく。

その行動に、優奈はどこか危険なものを感じた。考えすぎだろうか、悪い予感ばかりする。

「美紀！　待って！」

しかし、彼女は優奈の言葉を聞き入れなかった。大丈夫だといわんばかりに、男の子の顔を覗《のぞ》きながら徐々に距離を縮めていく……。

「美紀！」

優奈の声は壁に反射し響き渡る。動揺する優奈に対し、美紀はいたって普通だ。

「僕？」

美紀は男の子の前で屈《かが》み、目線を合わせた。優奈は恐ろしくて見ていられず、顔を伏せてしまった。

「僕は、どうしてここにいるのかな？」

「…………」

「分からないかな？」

「…………」

もうやめて！　優奈は心の中で叫ぶ。恐怖で今にも押し潰されそうだ。

「ねえ僕？」

「………」

話しかけるのを一向にやめようとしない美紀に我慢の限界に達した優奈は、彼女を子供から引き離そうと立ち上がる。

しかし同時に、らちの明かない会話に痺《しび》れを切らした豊も動きだした。優奈よりも先に美紀に駆け寄って、彼女を押しのけた。

「おい、くそガキ！　てめえ何か知ってんじゃねえのかよ！」

と子供の肩を両手で鷲摑《わしづか》みにして乱暴に言い放った。しかしその途端、豊は小さな悲鳴を上げ、まるで触ってはいけないモノに触れてしまったかのように、子供から手を離し、一歩二歩と後ずさり始めた。

子供には特別、変わった様子はない。豊は一体何に怯えているのだろう……。

「おい、どうした？」

不思議に思った翔太が声をかけると、豊は首を小刻みに振りながらこう言った。

「コイツの身体……変だ」

「変？」

「か、固い……」

優奈は思わず身を引いた。ずっと目を閉じていた男の子が突然パッと目を開いたのだ。こちらを振り返りながら後ずさる豊をじっと睨みつけている。

単なる子供の表情ではない。怒りに、いや殺意に満ち満ちている。

「豊！」

友一が警告を発したが遅かった。子供は軽快にジャンプした。艶のあるサラサラの髪の毛がフワリと躍る。そして、まるでコアラが木に抱きつくように、細い両腕で豊の首に巻きついた。

思いがけず首を絞めつけられた豊は目を剝き、もがき苦しんでいる。みるみるうちに顔色は青ざめ、ミミズのような血管が浮かび上がってくる。

「は……せ」

豊はまさしく死にものぐるいで動き回っているが、子供は離れようとはしない。背中から壁に突進して頭を強く打ちつけられても全く動じる気配はない。

「お、おい……豊！」

翔太や友一が助けに入ろうとするが、二人ともなかなか一歩を踏み出せない。優奈は美紀を連れて部屋の隅に移動した。竜彦は、観察するように突っ立っている。

頸動脈《けいどうみゃく》を絞め続けられている豊の動きは弱る一方で、顔は真っ白く変色してしまっている。

舌が不気味にベロリと垂れ下がり、そこからネットリとした涎《よだれ》が地面にポツポツと落ちる。

優奈と美紀は思わず顔を背けた。

「たす……て」

優奈は耳を塞ぐ。

微かな声で、仲間に助けを求めた直後、豊の動きが止まった。そのまま、床に倒れ込んだ。

子供は依然、豊に巻きついたままだった。

優奈たちは呆然と豊を見つめた。まるで時が止まってしまったかのように、誰も動かなかった。

いや動けない。息をするのも忘れてしまうくらい、頭の中が真っ白になっていた。

すると、水から上げられた弱った魚が最後の力を振り絞って跳ねるように、突然、豊の身体がピクリと動いた。

「ゆ、豊？」

まだ助かるかもしれない。

翔太が一歩を踏み出そうとしたその時だった。

目が眩《くら》むほどの発光、そして凄まじい轟音《ごうおん》を身体に感じた時にはすでに五人は爆風で吹き飛ばされていた。

壁に頭を強く打ちつけられた優奈たちは朦朧とする意識の中、何が起きたのかを理解しようとする。しかし、部屋中が白い煙に包まれているため、辺りの様子が全く分からない。近くにいるであろう美紀の姿も確認できないほどだった。

「みんな……大丈夫か？」

しばらくすると、友一の、力のない声が聞こえてきた。優奈は額や背中を押さえ、グッタリと天井を仰ぎながら、

「なんとか」

と返した。

「大丈夫だ」

「俺もだ」

翔太や竜彦も相当なダメージを受けているようだった。

「……美紀ちゃん？」

この衝撃で気を失ったのか、美紀からだけは返事がなかった。手探りするが、美紀を見つけることはできない。

爆発により部屋中を覆い尽くした白い煙は少しずつ薄れていく。どこかに換気口があるのだろうか。うっすらとではあるが、美紀の姿を確認できた。部屋の隅で、やはり意識を失っているようだ。

「美紀ちゃん！」

歩み寄ろうとした優奈は目の前に飛び込んできたモノに寒気を感じ、ビクリと足を止めた。

壁一面に飛び散った血と、赤黒い肉。そして床に散らばる豊のボロボロになった衣服と、粉々になった白い骨。豊の上半身は、引き裂かれたかのように、なくなっていた。残っているのは、もろに飛び出している内臓と、下半身。そして、頭皮の一部だと思われるものに、べったりと貼りついている、豊の特徴である天然パーマの髪の毛……。

想像を絶する光景に優奈たちは言葉を失った。まさに地獄絵図であった。

優奈はふと頬に違和感を覚え、右手で〈それ〉を拭《ぬぐ》うと、指先にネチャリとした物体がひっついた。

豊の肉だ。赤い血に染まった肉の破片。優奈は悲鳴を上げ、思わずそれを投げ捨ててしまった。

「……豊」

信じられないというように、翔太が豊のいた部屋の中央に歩み寄る。そして、焼けこげた衣服を拾い集め、ギュッと胸に当てる。

友一は辛そうに顔を伏せ、竜彦は翔太を見据えている。冷静に現実を受け止めているような、そんな表情だ。

優奈の脳裏に、あの子供の顔がフラッシュバックする。

人間じゃなかったんだ。きっと、触れると爆発する仕組みになっていた……機械？

一瞬にして血の海と化した死の部屋。どこを見ても血や飛び散った肉などが目に入る。

胃液がこみ上げ、優奈は口に手を当てて必死に堪《こら》えた。涙で視界がぼやけるが、そのほうがよっぽど楽だった。

「もう……いや」

一人、また一人と殺されていく。

お願いだからもう許して……。

誰か助けて……。

優奈は立っていられなくなり、その場にしゃがみ込んで頭を抱えた。しかしいくら願ったところで、夢のように急に場面が変わるはずもなく、ただ無意味に時間が過ぎていくだけだった。

煙が完全に消えたところで、出口の扉がカチリと音を立てた。

一人が死ねば鍵が自然に開くという、人を人とも思っていないその機械的な仕組みに、優奈は怒りとともに恐怖を覚えた。

「行くしか、ないのか」

豊の衣服をそっと置き、翔太は呟く。

「美紀ちゃん、どうしよう？」

まだ目を覚ましていない、血に汚れた美紀に目をやりながら、優奈は意見を求める。

「こんなの……見せられないよね」

「とりあえず」

友一は美紀に歩み寄り、

「この部屋からは出よう。通路で目を覚まさせてあげればいい」

と言って、美紀を抱き上げた。そして決意のこもった声で、

「行こう」

と出口へ向かった。

扉を開けたのは竜彦だ。彼は一切振り返りはしなかった。この残酷な光景を見るのが辛かったのではない。逃げ出したかったわけでもない。背中が、心残りなどないといっている。竜彦が一番、豊と仲が良かったはずなのに……。

竜彦は優奈たちのことなど気にもとめず扉を閉めた。優奈は、仲間の死を何とも思っていない竜彦に、ある種の薄気味悪さを感じるようになっていた。友一もそうなのかもしれない。声には出さないが、こちらに意味ありげな視線を送ってきた。

「ほら、二人とも」

翔太が扉を開けてくれているのに気づき、優奈はハッと視線をそらす。美紀を担ぐ友一の背中

を見ながら、優奈はつい振り返ってしまった。

部屋中に充満する血の臭い。

壁一面を赤く彩った肉片と皮膚。そして、部屋の真ん中にポツリと残っている下半身。

その一つひとつが目に、記憶に焼きついていく。優奈は眩暈《めまい》に襲われ、膝から崩れ落ちそうになった。そして逃げ出すかのように、部屋を後にした……。

通路では、友一が懸命に美紀に声をかけていた。その様子を見ながら、優奈の脳裏には豊の笑った顔が浮かんでいた。

豊はさわやかさはなかったけれど、サークルのムードメーカーで、いるだけで全体が明るくなるような、そんな雰囲気を持っていた。〈お調子者〉のイメージそのままの豊は、時に羽目を外しすぎてみんなに迷惑をかけることもたびたびあった。が、あの子供のような純粋な笑顔を見せられると、ついつい許してしまう。腹を立てても、誰もが内心ではこう思っていたはずだ。憎めなくて、かわいい奴だと……。

それに、豊はああ見えて家族思いなのだ。直接本人から聞いたわけではないが、母子家庭で生活が苦しいため、授業料はもちろん、生活費までバイトで稼いでいると。いつも明るく振る舞っていたのは、ともすれば塞ぎ込んでしまう自分を忘れたかったから、なのかもしれない……。

今思えば、正直、豊との思い出はあまりなく、笑っている顔だけが残っているのだった。

「美紀ちゃん？　大丈夫か、美紀ちゃん？」

声をかけ続けて数分。美紀は深い眠りから覚めるように、そっと目を開けた。そして、ここはどこ、というように辺りを見渡した。

やがて思い出したのか、美紀の表情は落胆の色を映す。

ひとまず安心した友一は美紀の肩に手を置き、

「まだ無理しなくていい。どこか痛む？」

「ちょっと」

「そうか。でも意識を取り戻してホッとしたよ。もの凄い爆発……」

友一が言葉に詰まった。思い出したくない映像が瞳をスッと掠める。

すると美紀が弾《はじ》かれたように顔を上げた。

「爆発？」

友一は重い口を開く。

「ああ。俺たちは」

美紀は気づいたようだった。また一人、いなくなっていることに。

「そうなんだ。今度は、豊が犠牲に……」

美紀はすぐ意味を理解したようだ。涙を浮かべ、口に手を当てながら震え始めた。

「大丈夫……きっと」

そう言ってみても、まるで説得力がない。これまで、三人も犠牲になっているのだから。

友一は立ち上がると、次の扉に目を移した。

残り五人となってしまった。

この先も、まだ部屋は続いているのだろうか。そしてこの中からまた一人、犠牲者が出ることに……。

悔しいが、現実を受け止めなければならない。良い方法が見つかれば別だが。

まるで映画のような、ゲームのような、不条理で残酷なこの闇から、自分たちはいつ脱出できるのだろうか。

全滅するまで行われるのか。それとも……。

だとしたら俺は全力で優奈を守る。自分の命を落とすことになってもだ。それで彼女が助かるなら本望だ。

他の三人には悪いが、自分の中では優奈の命が一番重い。最後まで生きていてほしいと思う。

しかし、助かる者が出る可能性を考えること自体、無謀なのかもしれない。

僅《わず》かかもしれないが、希望を託して、この扉を開こう……。

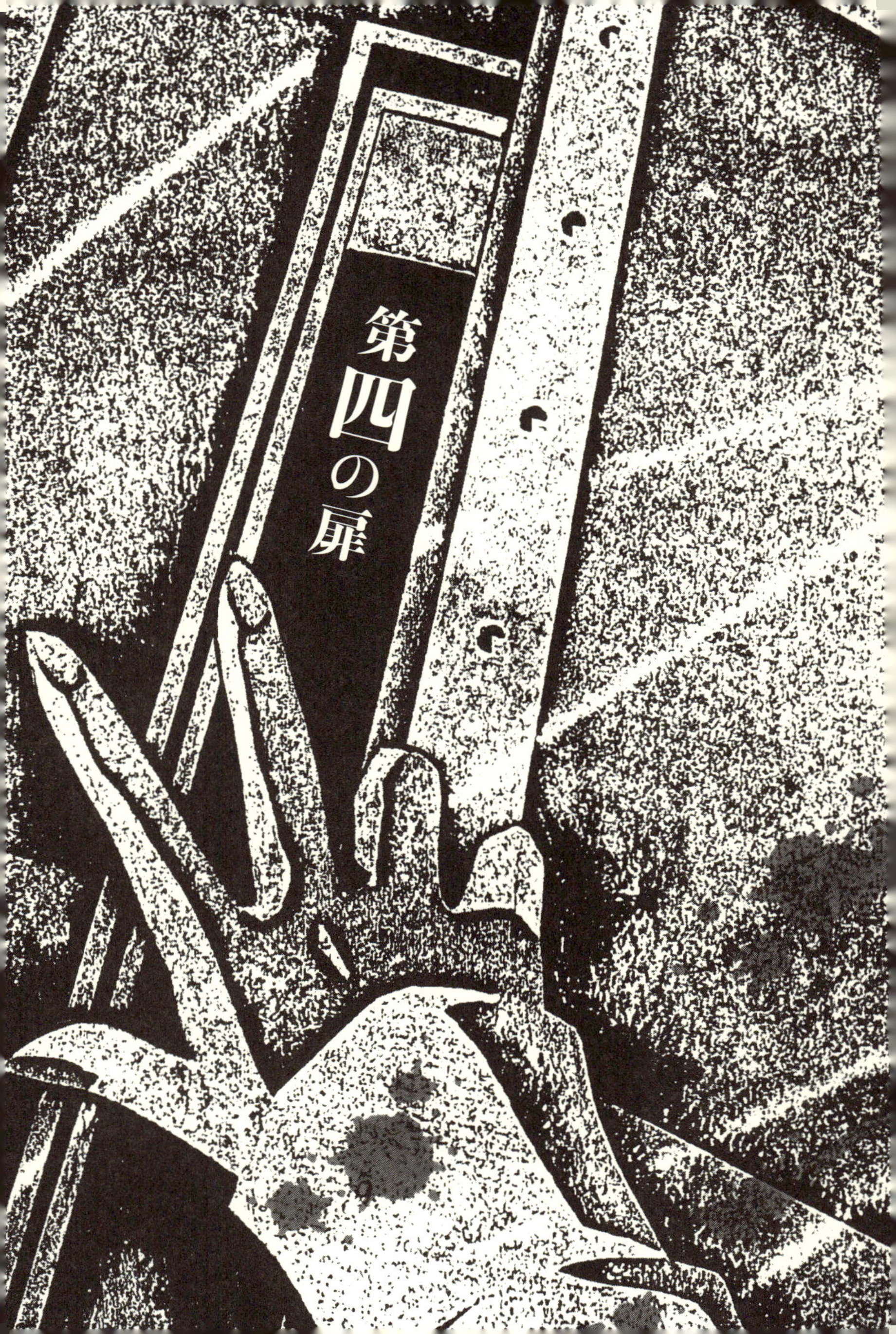
第四の扉

三人が死んだというのに、時の流れは異様なほど静かだ。

美紀の体力が回復したところで、友一は皆に視線を送り、

「開けるぞ」

と扉に手を伸ばす。その声に迷いはない。しかし、どこか怯えが混じっているのを、優奈は感じた。

「開けろよ」

躊躇いなど一切感じられない竜彦の声が聞こえた。先を焦っているような感すらある。

この自信に満ち溢れた態度は何なのだろう。

考えれば考えるほど、彼が分からなくなっていく。何かを企《たくら》んでいるのは、確かだと思うのだが……。

友一が、鉄の扉に手をかける。優奈は、これが出口への扉であることを祈り続けた。

目の前に広がる光景を見た瞬間、優奈は胸を弾ませた。

出口だ！　そう思ったのもつかの間、ただの勘違いであることを理解し、心を沈ませる。

今までの倍以上の広さだったため、これはもしや、と期待してしまったのだ。しかしよく見れば、やはり〈死の部屋〉に違いはなかった。殺風景すぎる室内には、殺伐とした空気が漂っている。優奈は、自分が服の袖を力強く握りしめているのに気づき、溜息を吐きながら力を抜いた。少しでも期待した自分がバカだった。

友一は重い足取りで部屋に入る。次いで竜彦、翔太、美紀と、次々と進んでいく。

無意識のうちに、優奈の足も動いていた。後ろから誰かに背中を押されているような錯覚に陥る。

今までの部屋と違うのは広さだけではなく、床の作りにもあった。

コンクリートではなく、一面が黒いガラス張りなのだ。

真ん中に蛍光色に光る一本の線が入っているのは、何を意味しているのだろうか?

この部屋も先ほどと同様、扉を開くスイッチはない。何かが出てくるような小さな穴もない。

しかし、一瞬の油断も許されない。必ず動きがあるはずだ……。

友一は天井、壁、床を念入りに確認しながら慎重に一歩、二歩と進んでいく。

「みんな、気をつけろよ」

翔太は顔をしかめ、友一の後ろに続く。竜彦もこの時だけは警戒している様子だ。

優奈はふと、どこからか軋《きし》むような音が聞こえてくるのに気づく。

足元からだ。一歩足を踏み出すたびに、ガラスがギシギシと音を立てている。それが耳障りで、寒気がしてくる。

思わず屈み込んで、ガラスに目を凝らす。そこには、恐怖に怯える自分の顔が映っていた。この数十分で、頬がゲッソリ痩《や》せこけている。

まるでドクロのようではないか。とても自分だとは思えない酷《ひど》い顔つきに、優奈はゾッとする。

「今度は一体……何だ！」

そう言って翔太が突然振り返った。思わず優奈はひっと飛び上がる。

「ど、どうしたの！」

妙な気配を感じるのか、翔太は優奈の肩ごしに、あらぬ何かを見つめている。

「清田くん？」

問いかけると、翔太は首を傾げた。

「……気のせいか。豊がこっちを見ていた気がしたんだよ」

思い過ごしではあったにせよ、第六感まで研ぎ澄まされている証拠だ。

「やめてよ！」

心臓が口から飛び出そうだった。

精神状態はもうとっくにピークを超えているというのに、死よりも先に、気を失ってしまいそうだ。

友一、翔太、竜彦、美紀の四人は部屋の中央で一度立ち止まる。

早く隣りに来てというように、美紀が不安げな声を洩らす。

「……優奈ちゃん」

この時、優奈はふと違和感を覚えた。

そういえば、美紀に名前で呼ばれたのは初めてではないか。ずっと松浦さんと呼ばれていた気がする。こんな場所で彼女との距離が縮まるなんて、皮肉なものだ。

この状況にもかかわらず、どうでもいいことを考えている自分を不思議に思う。少しでも気を紛らわせたいのかもしれない。

気持ちを落ち着かせるため一つ息を吐き、優奈は神経を集中させて、四人がいる中央部に進んでいく。美紀の隣りに立つと、彼女はこちらの袖を強く握りしめてきた。

微かな震えが伝わってくる。優奈は、

「大丈夫」

と囁き、美紀の右手を優しく包んだ。本当は、他人を安心させる余裕などないのだが、そう言葉をかけることで、一番安心感を得ているのは自分自身だった。

部屋の中央で輪を作った五人はお互いに背を向けて立ち、いつ何が起こってもいいように、万全の態勢を整えた。しかし、三つの部屋でそれぞれ必ず一人が犠牲になってきたことを思うと、〈助け合い〉という言葉は存在しないのかもしれない。だがこれ以上、犠牲者は出したくないし、自分だって死にたくない。何もできず、ただ待つだけの時間がこれほど辛いとは思わなかった。

五人は息を殺し、空気に触れる以外、無の状態を続ける。まるで時が止まっているかのように、部屋には一切の音がなくなっていた。

誰かがゴクリと息を呑んだ。その音すら大きく聞こえ、それだけで背筋がゾッと反応した。全身に鳥肌が立つのを、どうしても抑えられない。

極限状態に耐えられなくなったのか、翔太が口を開いた。

「おい……何も起こらないぞ」

何も起こらないのなら、それに越したことはないが、動きがないと逆に不安を感じるという妙な心境だった。

「また、変な子供がやってくるってことはないだろうな」

翔太は扉に目をやった。

それはあり得ないだろう。これまでの部屋のデータを基にすれば、ここでも別の〈恐怖〉が襲いかかってくるのは必至だろう。だが、それが何か分からないが故に、様々な想像が膨らみ、不安と恐ろしさは倍増した。

何も変化がないまま、さらに数分が経過した。時間にすれば、五分くらいだったろうが、全員が激しいプレッシャーを感じていた。温度の低い部屋の中でじっと立っているだけだ。それなのに、優奈の額からはベットリとした汗がツーッとこめかみに流れてきた。

汗を拭うという動作でさえ、生命の危険につながるのではないか。そんな気がしてならない。

その時だ。

床の真っ黒いガラスが、ギシ……ギシと音を立て始めた。咄嗟に五人は足元に目をやる。

ギシ、ギシ。音の間隔は短くなる。

ギシギシギシ……。

微かに揺れを感じた。優奈はバランスを失い、友一の肩にしがみついた。

「な、何よ」

優奈の視界に、床の中央部に描かれた一本の線が飛び込んでくる。別に深い意味はないと思い込んでいた。

しかし今になって気づいた。

まさか……が！

優奈が答えを出した時にはすでに遅かった。

床のガラスが真ん中から真っ二つに開いた。

全員の悲鳴が重なる。

足場を失った五人は、一気に真下に落とされた。

待ちかまえているのは水？　炎？　それとも、そのまま転落……。

ほんの一秒か二秒の間に、様々な画が駆けめぐる。しかし目の前に現れたのは優奈の想像を遥《はる》かに超えるものだった。

砂地だ。五人は茶色い砂場に落とされた。しっかりと着地できた、友一、竜彦、翔太の三人に比べ、優奈と美紀はバランスを崩し尻餅《しりもち》をつく。

視界を遮《さえぎ》るほどの砂埃が舞う。優奈は激しく咳《せ》き込みながらも、砂程度でよかったとひとまず息を吐いた。

「今度は何よ？」

優奈は声を震わせながら、辺りを見渡す。

「ふざけやがって」

竜彦が体についていた砂を鬱陶《うっとう》しそうに手で払い除けながら言った。

「野々村、大丈夫か？」

と翔太は美紀に手を貸した。

「ありがとう」

友一は足元の砂を見ながら、

「今のうちに逃げよう」

と、斜面の上にある出口のドアに歩もうとした。

その時だ。五人は同時に異変に気づいた。

身体が、みるみる砂の中に沈んでいく。蟻《あり》地獄のように吸い込まれていく。落ちた時のまま腰を下ろしていた優奈は、すでに靴が砂に埋まってしまっているのを見て、背筋が凍った。砂の中に引き込まれないよう、慌てて立ち上がる。

「ま、まずいぞ！」

翔太が声を荒らげて、もがき始めた。優奈は沈んでいく足を引っ張り上げるが、吸い込む力は思いの外強かった。

その力は、さらに勢いを増した。

まるで砂に喰《く》われているかのように、あっという間に膝上まで埋まっていた。

全身に、サーッと冷たい感覚が走る。優奈は、溺《おぼ》れまいとするかのように、必死で両手をバタつかせ、何とか這い上がろうとする。だが、思うように身体が動かず、呑み込まれる一方だ。

「優奈ちゃん！　大丈夫か！」

まだ多少余裕のある友一に何とか引っ張り出された。しかし、息を吐く間もなく呑まれていく。

誰もが自分のことで精一杯で、狂乱する美紀の叫び声など耳に入っていなかった。

「みんな！　上に！」

吸い込まれていく身体を引き上げながら、翔太が指示を出した。扉の手前にはガラスでできた足場があり、どうやらそこが安全スペースのようだ。

あそこに上れば、助かる……。

希望を見出した優奈は息を荒らげながらも、汗だくになって砂を掻き分け、少しずつ、少しずつ前へ進んでいった。

汗が目に滲み、腕や足が悲鳴を上げる。それでも必死に扉を目指して身体を動かした。

まず初めにガラスの床を掴み、扉の前に到達したのは竜彦だった。次に翔太。そして、友一だ。

友一はすぐに振り返り、

「優奈ちゃん！」

と下に手を差し出してくれた。優奈はグッと腕を伸ばし、友一の手を掴もうとしたが、まだ手が届く距離にまでは到達していなかった。

一瞬動きを止めただけで、みるみる身体が埋まっていく。

「もう少し！　頑張るんだ！」

友一が優奈を見つめて叫んでいる。

優奈は体勢を整え、徐々に距離を縮めていく。

ここならと、優奈は再度腕を伸ばした。

届きそうで、届かない。まだ、数センチ足りない。微妙な距離に歯軋りしたい思いだった。何とかもう少し進んだところで手を伸ばすと友一の指に触れた。優奈は指先に神経を集中させる。腕の血管が破裂しそうなほど、目一杯伸ばす。

二人の手が、ようやく繋《つな》がった。

「よし！」

友一は気合いを入れると、唇を噛《か》みしめ、グイグイと優奈を引き寄せ始めた。その友一が再び砂場に持っていかれないようにと、翔太が後ろから腰を押さえている。

手を繋ぐのが数秒遅かったら、どうなっていただろう。

腰まで砂に埋まっていた優奈は友一に引き上げられ、何とか、扉の前に到達することができた。

しかし、それで終わりではなかった。

助けを求める美紀の声に、慌てて下を見た。

美紀の身体は、胸の辺りまで呑み込まれてしまっている。両手をバタつかせ、必死にもがいている。しかし、もう彼女だけの力ではどうしようもできないことは、誰の目にも明らかだった。もがいたせいで、いつもはきちんとしているはずの髪はボサボサに乱れ、表情には鬼気迫るものがあった。見慣れていたメガネも、どこかへいってしまっている。

いつも静かで穏やかな美紀は、そこにはいなかった。

「山岡くん！」

美紀を助けてくれるよう友一に求めたが、竜彦が即座に言いきった。

「やめとけ」

耳を疑うようなその言葉に、優奈は厳しい視線を投げつけた。

「いい加減分かるだろう。必ず一人が犠牲にならなければ、扉は開かない。もしあいつを助ければ、どうなるんだ？　お前が落ちるのか？」

そう言った竜彦は、今度は友一に視線を向ける。

「お前は松浦を助けた。それがどういう意味か、自分でも分かってるだろ」

その言葉は鋭い槍《やり》の如《ごと》く、友一の胸に突き刺さった。友一は何も言い返せず、視界から美紀を消すように背を向けた。

四人の耳に、美紀の金切り声が響く。肩まで埋まってしまった美紀の顔は真っ青で、泣き叫びながら助けを待っている。

その時、間近に迫りつつある死に怯える美紀と、目が合ってしまった。

頼れるのはあなただけ。ねえ助けてお願い。死にたくない。彼女の目がそう訴えている。

優奈は辛くて見ていられず、

「ごめん」

と呟いて顔を伏せた。自ら仲間を見捨てた瞬間だった。

「お願い、助けて！」

それが彼女の最期の叫びだった。同時に、左右に開いていた床のガラスが元の位置に戻り始めた。

優奈が顔を上げると、渦巻く砂に呑み込まれつつある漆黒の髪の毛が見えた。

その髪の毛には、彼女の怨念《おんねん》が宿っているように思えてならなかった。

見殺しにしたあなたたちを許さない……。

やがて、その黒髪も砂の中に消え、後には穏やかな砂地だけが残った。

優奈は自分のとった行動が恐ろしくなり、助けを求める彼女の瞳を忘れようと、消えた美紀に背を向けた。

ガラスの床が元の位置に戻ると、扉の鍵が開いた。しかし優奈はそのことに気がつかない。

美紀だけではない。豊も私たちを恨んでいるはずだ。もしかしたら、照之や千佳さえも……。

美紀の死は、悲しみよりも恐怖を生んだ。

突然、肩を叩かれた優奈は小さな悲鳴を上げ、その手を振り払った。振り返るとそこには友一の驚いた顔があった。

「優奈ちゃん……大丈夫？」

落ち着くように自分に言い聞かせたが、動揺は隠せなかった。優奈は目を泳がせながら、

「行きましょう」

と自ら扉を開けた。

逃げたかった。彼女の怒りと哀しみの渦巻くこの部屋から一刻も早く。

優奈は逃げるかのように通路に出た。しかし、いつまでも、美紀の泣き声が耳から離れない。耳を塞いでも、消えてはくれなかった。

優奈は、自分が素足になっていることに、まだ気づいてはいなかった……。


ここは一体どこなのか。そして犯人は誰か。

一人の死と引き替えに部屋の扉が開くという理不尽な仕組みに、初めは恐怖を覚え取り乱したが、今となってはもうどうでもいい。

上等だ。受け入れてやる。

薄い暗闇の中、竜彦は不気味な笑みを浮かべていた。

これで残りは四人になった。

生き残るのは何人だ？　全滅するのではないかと恐れている奴もいるようだが、俺はそうは思わない。必ず助かる者が出る。

それがこの俺だ。どう考えたって俺しかいないだろう。こんなカスども、死んだってどうってことない。生き残る価値はない。

だが俺にはある。

俺は将来を期待されているんだ。全国に展開している大手アパレル企業の社長である父からその座を譲り受け、多くの部下を従え天下をとる。頂点に立てば、全ては思いのままだ。牧田グループの名を、さらに世に轟《とどろ》かすことができる。

幼い頃からそう教え込まれた。

いわば、使命である。

こんな、訳の分からないところで死ぬわけにはいかない。ここで人生を終わらせてはならない。

だから誰にも邪魔はさせない。生き残るためには何でもする。そう、殺しだって何だって……。

竜彦の脳裏に、パニックに陥った美紀の姿が過ぎる。

砂場に落とされ、身体が沈んでいくことに全員が気づき混乱していた時、俺は美紀の肩を押しつけた。這い上がることに必死だった友一たちは勿論、美紀自身も、そうされていることに気づいていないようだった。

あの時の俺は、どんな顔をしていたのだろう。こいつを殺せば俺は助かると、まるで悪魔のような表情をしていたに違いない。

あの最期の叫び声に、かつてない興奮を感じ、全身がゾクゾクした。狂気に満ちている自分に快感すら覚えた。

人が苦しんでいるのを見ると、不思議と血が騒いだ。

自分がこんなにも恐ろしい人間だったなんて……。

だが悪い気はしない。

竜彦は、優奈の背中を見つめている友一にほくそ笑んだ。

どうやらコイツはこの女に惚れているらしい。だから美紀を見捨てて優奈を助けた。

友一のことだ。自分の命を犠牲にしてでも女を助けるだろう。だがそうはさせない。二人とも地獄に突き落としてやる。一緒に死ねるんだ。友一だってそのほうが嬉しいだろう。

この先、どんな壁が立ちはだかっているか分からない。だが俺は決して死なない。こいつらを踏み台にしてでも。

次は、松浦優奈の番だ。

前から気に入らなかったんだ。何かにつけてこの俺様につっかかってくる。そんなに俺が嫌いなら、お前が消えればいいんだ。

真の恐怖を味わわせてやる……。

優奈を見据える竜彦の瞳が、不気味な光を放った……。

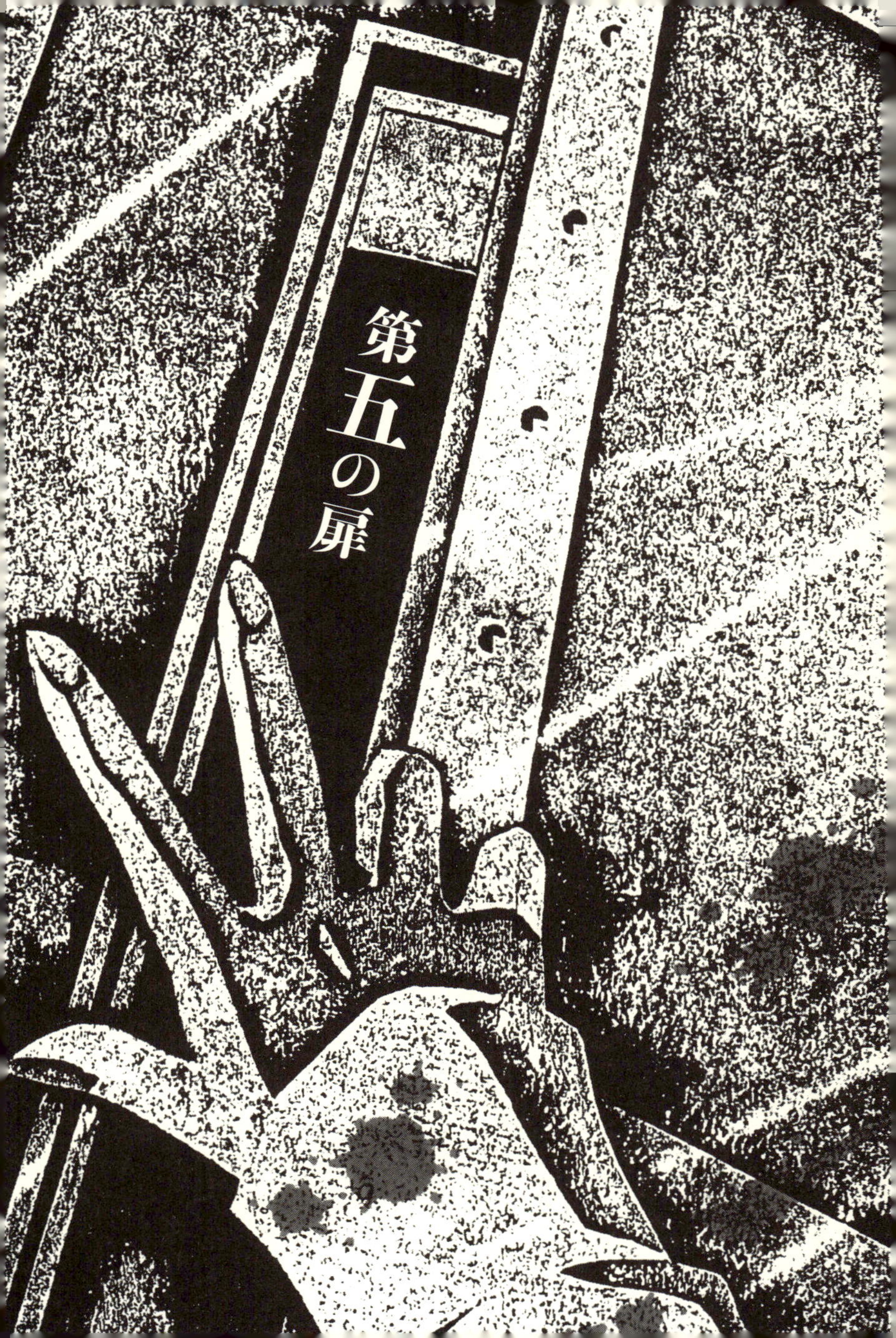
第五の扉

いくら掻き消そうとしても、死ぬ間際の美紀の顔が頭から離れない。彼女の表情には、恐怖とともに、憎悪が滲んでいた。

思い過ごしだろうか。しかし、美紀の怨念が全身に宿っている気がする。次は自分の番かもしれない。悪い予感がする。

砂の中に消えていった美紀が、青筋の浮かぶ華奢《きゃしゃ》な腕で私の足をグイグイ引っ張っているようだ……。

優奈はその腕から逃れるように、自ら扉を開ける。

これが出口の扉でありますように……と祈る気持ちは、もうなかった。すでに五番目の部屋が立ち塞がっているではないか。

願うだけ無駄な気がした。

祈れば祈るほど、後のショックが大きくなるだけだ。もう、一切の希望を抱かない。

全員が助かると信じていた優奈の希望は、まるで月が雲に隠れるように、闇に包まれていく。

優奈は無表情のまま、五番目の部屋に足を踏み入れた。何があろうと、何が待っていようと、動揺はしないつもりだった。

十帖ほどの部屋には、四つの大きな鉄のイスが、向かい合わせで輪を作って並んでいた。

優奈は昔見た、ある映画を思い出した。主人公の死刑囚は心優しい黒人で、不思議な力で人の病気などを治してあげるのだが、最後には死刑執行が言い渡され、イスにくくられ電気を流されてしまうのだ。

それに似たイスが四つ置いてあるだけで、この部屋の仕掛けは容易に想像がついた。

イスが人数分あるということは、〈イスとりゲーム〉ではない。

このうちのどれかが、死に繋がっているのだろう。

また一人、誰かいなくなろうとしている。

自分かもしれない、と優奈は妙に静かな気持ちで思った。

恐ろしいはずなのに、心は落ち着いている。覚悟ができている証拠だった。

それにしても……。

優奈は言いようのない違和感を覚えた。

この嫌悪感は何だ？　ただの気のせいだろうか……。

「今度は……イスかよ」

と翔太は若干《じゃっかん》、声を震わせている。

「これに座れってことか」

「このうちのどれかが……。要するに、運試しの部屋ってことか？」

翔太の言葉に、友一は息を呑んだ。

「そういう……ことだろう」

沈黙が訪れる。

二人は四つのイスを、間違い探しでもするように細かく調べ始めた。しかし、一つとして異なるものはなかった。

優奈は目の端で、竜彦の姿をとらえた。

どうしたというのか、さっきまではあれほど落ち着き払っていたのに、今は明らかに動揺している。ふてぶてしいまでの不気味なオーラは消え、青ざめた表情で硬直している。

残った四人にとっては、この部屋も前の部屋も一緒のはずだ。一体、何を恐れているのだろうか？

優奈と目が合うと、竜彦は咳払いをして、平静を装った。だが、心の揺れは隠しきれない。じっと見つめ続けていても突っかかってもこない。こちらの視線を恐れているようでもある。

何か計算が狂った……そんなふうにも見えた。

「竜彦」

翔太が声をかけても、彼の耳には届かなかったようだ。こんなに近くにいるのに。

「おい竜彦」

再度の呼びかけに、竜彦が身体を震わせた。

「どうした？　顔、真っ青だぞ。気分でも悪くなったか？」

竜彦は顔を隠すように下を向いた。

「ああ……ちょっとな」

「そうか。無理もないよな」

翔太は納得したが、優奈にはとてもそうは思えなかった。

もう一度、四つのイスを見比べた翔太は、こちらを振り返った。彼は、この状況をすんなり受け入れたかのように言った。

「みんな、どうする？　座るしかないみたいだけど」

その言葉に、竜彦は微かな反応を見せた。優奈はその一瞬を見逃さなかった。

何か言いたげだが、言葉を選んでいる様子だ。

「ちょっと待とう、翔太。すぐに座ることもないだろう。この部屋では、たくさん時間が使えそうだ。もしかしたら、助けが来るかもしれない。いい案が浮かぶかもしれないし、焦るのはよそう」

翔太は一つ間を空けて、

「そうだな。そのとおりだ」

と力なく言った。そして壁にもたれかかり、そのままズルズルと腰を下ろした。友一も反対の壁際まで歩いて座り込んだ。竜彦も二人と同じように、壁の傍に腰を下ろす。優奈はイスの傍から離れず、友一たちに視線をやった。三人とも難しい表情を浮かべているが、それぞれ考えていることは違うように見える。

優奈が特に注意深く窺っていたのは、竜彦だ。しきりにイスを気にしているようだが、あの頭の中ではどんな考えが巡っているのだろう？　焦りの色が濃くなっている気さえする。

「なあ、友一？」

修学旅行で、友達が寝ているのを確認するような、そんな何気ない口調だった。不思議と、不安は感じられない。

「うん？」

友一が顔を上げると、翔太は静かにこう言った。

「俺たち……殺されるようなことしてないよな」

友一はキッパリと答える。

「当たり前だろ」

「でもおかしいよ。どうしてこんなところに閉じこめられなくちゃいけないんだよ。もしかしたら、誰かに恨まれていたんじゃないかって、そう思うんだ」

「そんなわけないって」

「じゃあ、無差別に選ばれたのかな」

その質問には友一も黙り込むしかなかった。

「全員が全員、飲み会の記憶でストップしてるってのも不思議なんだよな」

優奈はもう一度じっくり思い起こしてみる。しかし、どうしても友一と別れた直後の記憶が出てこない。それが本当に謎だ。真っ白い記憶。いくらページをめくっても、白紙ばかり……。

「もし……もしここから出られたら、何したい？」

黙っていると不安がこみ上げるのか、翔太にしては珍しく口数が多かった。それに、現実主義者の彼が理想を口にするなんて。当たり前だが、早く安らぎを得たいのだろう。

翔太の質問に、友一は戸惑いを見せた。

「四人も犠牲になったんだ。生きられるのなら、それだけでありがたいよ」

翔太は、四人の死を振り返っているようだった。

「……だよな」

彼は気を紛らわすように、次から次へと話題を変える。

「警察は動いてくれてるのかな。それともまだ事件にもなってないのかな。せめて、携帯電話が通じればな」

「動いてるさ……きっと。だから待ってみよう」

「ああ」

甘いのではないか。果たしてずっとこうしていられるだろうか。静かすぎることに優奈の不安は募っていった。

しかし、そんな思いとは裏腹に、全くと言っていいほど何も起こらない。ついつい警戒心を緩めてしまうほどだ。

十五分近く経っても、一向に変化は見られなかった。

「なんか、静かだな」

沈黙が続いたのはほんの数分のはずなのに、長い間、翔太の声を聞いていなかったような感覚に陥る。

それはなぜか、優奈はまだ気づかない。ごく普通に時が進んでいる、そのはずだった……。

それからさらに十五分ほどが経った。

そろそろ何か動きがあるのではないかと、優奈は警戒心を強め、部屋の隅々に視線を向けた。

しかし、瞳に映るのは三人のうつろな表情と、四つのイスだけだ。三十分以上もこの部屋にいるのに、何も起きないということがあるのだろうか……。

優奈はその時、異変に気づいた。

自分を含め、四人ともいつしか呼吸の回数が増えている。しかも、大きく吸わなければ苦しいくらいに、身体が酸素を欲している。

優奈は息苦しさのあまり立っていられなくなり、その場にドサリと座り込んだ。そして、ただひたすらに呼吸を繰り返した。

少しも動いていないのに、全身からジットリとした汗が滲み出している。その汗を拭うだけでも、息が切れるほどだ。

優奈は口を大きく開けて、体内に空気を取り入れた。しかし、満足できるだけの酸素が入ってこない。

何だろう、この疲労感は？

まるで、標高の高い場所にいるような。いや、それよりも酷いかもしれない……。

友一が辛そうに口を開いた。

「なあ……この部屋、酸素が薄くないか？」

翔太が苦しそうに、無言で何度も頷いた。竜彦に至っては、激しいスポーツの後のように、ゼーゼーと息を荒らげている。

優奈も酸欠のせいか気分が悪くなり、グッタリと床に寝そべった。そして、この部屋に入って一番初めに覚えた微妙な違和感を思い出す。

あの言いようのない嫌悪感は、酸素だったんだ。この部屋は酸素が薄い、もしくは、徐々に量が減ってる。

何も変化がないことを不思議に思っていたが、それは大きな間違いだった。少しずつではあるが、確実に自分たちの身体は弱っていたんだ。酸素のなくなるまでがタイムリミット。イスに座らなければ、このまま全員が死んでしまう……。

「優奈ちゃん……大丈夫？」

意識を朦朧とさせながら、友一は床を這って優奈の元に向かう。目を閉じていた優奈は、手を上げるのが精一杯だった。

壁にもたれかかっていた翔太が、途切れ途切れに声を洩らす。

「まずいぞ、友一……このままじゃ、俺たち」

翔太は重ねてこう言った。

「もう、限界だ。酸素がなくなれば……気絶して……死ぬぞ」

友一は目一杯酸素を吸い込み、息を吐き出しながら答えている。

「座るしかないのか」

それに対して、翔太の口から彼らしい言葉が出た。

「でも、また誰かが犠牲になるのは嫌だ。だったらこのまま……全員死んだほうが俺はずっと楽だ」

優奈はそれでもいいと考えていた。これ以上、仲間を犠牲にしてまでも生きていたいとは思わない。

こうして自然に死ねるのなら……。

冗談じゃねえ。

幻聴だろうか。どこからか、そんな声が聞こえた気がする。しかし、そんなことを深く考えている余裕はなかった。

結論が出ないまま、友一たちの会話は止まった。

この間にも、酸素濃度は確実に下がっている。無の空間ではあるが、四人の苦しみはピークに達する。

その時だった。極限状態に陥っているはずの一人が、こんなことを言いだした。

「三人に……頼みがあるんだ」

その声の主は竜彦だ。

それにしてもおかしい。

これまで人に対して下手に出たことのない、そして、それを何よりも嫌う男が頼み事をするなんて怪しすぎる。

「こんなこと、言いにくいんだが、まず三人がイスに座ってほしい」

優奈の考えていたとおり、竜彦は先にイスに座った者から順に、何かが起こると思っているようだ。

翔太も竜彦の卑怯な考えに気づいたらしい。

「竜彦……お前何言ってんだ」

声に力はこもっていないが、翔太の怒りは伝わってくる。友一は、驚きを隠せない様子だ。

このとおりだ、というように竜彦はゆっくりと正座をしながら、

「分かってる。でも俺は、死ぬわけにはいかないんだ」

と必死に懇願する。

「それは……みんな一緒だろう、竜彦」

友一にせよ、そんな頼みなど受け入れられないに決まっているのだ。しかし、竜彦はしつこく頭を下げている。

「頼むよ……なあ頼む。見逃してくれ。病気がちの弟が……俺の帰りを待ってるんだよ」

何とか弱味を見せようとしているが、ただ仮面を被《かぶ》っているだけだ。心では嫌らしい笑みを浮

かべているに違いない。

それに、病気がちどころか、弟がいることすら聞いたこともない。

そこまでして助かりたいなんて……。

どこまでも最低な男だ。優奈は、軽蔑《けいべつ》するような目で竜彦を見据えた。

これで奴の魂胆が分かった。竜彦は、何としても自分だけは助かろうとしている。周りの人間を蹴落としてでも。だが、この部屋は訳が違う。ここでは実力ではなく、運が試されている。今までと違い、自分が死ぬ可能性だってある。だから、四つのイスを目の当たりにした竜彦は、動揺していたのだ。

床に寝転がったまま優奈は竜彦に向けて、

「甘いわよ。バカ男」

と冷たく吐き捨てた。竜彦の眉が、ピクリと動く。

「自分だけ助かろうなんて、そんなの私は許さない」

竜彦に口を開く間も与えず、優奈は息を切らしながらも容赦《ようしゃ》なく攻撃した。

「あんたは笑っていたんでしょう、仲間が死ぬたびに。私は騙《だま》されない。私は、あんたを絶対に許さない！」

そこまで一気に言い終えた優奈は必死になって息を吸い込んだ。

「何とか……言ってみなさいよ。バカ男」

その言葉に釣られたかのように、とうとう竜彦は本性を現した。

「何だと？　この……くそ女が！」

室内に、竜彦の怒鳴り声が響く。

「お前らもそうだ。こっちが下手に出てやってんのにいい気になりやがって」

「……竜彦」

翔太は残念そうに呟く。

「いいか？　俺はお前らとは違うんだ。俺には約束された将来がある。牧田グループの社長になって、天下を取るというな！」

一旦言葉を切り、ヒーヒーと声を洩らしながら竜彦はありったけの酸素を吸い込んだ。

「周りの人間だって、俺が生き残ったほうがいいと思ってる。価値が違うんだよ。俺とお前らとじゃ！」

友一と翔太は唖然として、声を出すこともできないようだ。

「そうだ。だったら、こうしよう。お前らが自ら犠牲になるというのなら、お前らの家族の面倒を一生見てやる。どうだ？　悪くないだろ？　家族は一生楽できるんだぜ。約束する」

優奈は怒りを通り越して呆れてしまった。竜彦が哀れに思えた。

「竜彦、落ち着けよ。助かる者が出るなんて、これっぽっちの保証もないんだぞ。ここで助かったって……」

ここまで言われてもなお、優しい言葉をかける翔太に優奈は疑問を感じた。こんな男、とっとと見限ってしまえばいいのに。しかし翔太は、それができない人間だ。竜彦とは人間の出来が違うんだ。

竜彦は、そんな翔太の言葉をも遮った。

「ふざけるな。助かる者は出る。それがこの俺だ！」

翔太は、説得を諦めたように溜息をつく。そこまで言うならと、自らイスに向かいそうな気配すら感じた。

それだけはならなかった。こんな男のために、翔太が犠牲になることはない。

私だってごめんだわ。

「そこのバカ男」

竜彦が優奈に鋭い視線を向けた。

「ああ？」

疲労に満ちた竜彦の表情は、酷く落ちぶれたように見えた。

「助かりたいなら、自力で助かってみなさいよ。正々堂々、勝負しなさいよ。ここで勝てないようなら、世の中へ出たってたかが知れてるわ」

何も言い返してこない竜彦に優奈は、挑戦状を叩きつけるように言い放った。

「四人でイスに座ればいいのよ。卑怯な真似《まね》しないで、座りなさいよ」

考える仕草を見せた竜彦は、膝を震わせながら立ち上がる。

「前から、てめえだけは気にくわなかったんだ！　何かにつけて、突っかかってきやがって」

「なぜか分からない？」

「ああ？」

優奈は艶《あで》やかに微笑み、

「私もあんたが嫌いだからよ」

と吐き捨てるように言った。

顔を真っ赤にして怒りに震える竜彦は、三人を指さした。

「上等だ……俺の運とお前らの運、どっちが強いか、証明してやるよ！」

当然、優奈にも覚悟が必要だった。しかし迷いはない。ここで助かったとしても、この先に死が待っているのなら、同じことだ。

優奈は、フラフラになりながらも立ち上がった。よろけながらも、壁を支えにすることで、なんとか堪えることができた。

「山岡くんも、清田くんも、それでいいわよね？」

そう問われた二人は顔を見合わせ、同時に頷いた。

四人は、静かに待ちかまえる四つのイスの前に立つ。

「あんたから選ばせてあげる。好きに選びなさいよ」

竜彦は鼻を鳴らし、

「余裕だな。後悔しても知らねえぞ」

と吐き捨てた後、真剣に一つひとつを確かめる。言っていることとやっていることが矛盾していて、滑稽《こっけい》にも思えた。

「いくら見たって同じよ。強大な運を見せてくれるんじゃなかったの？」

馬鹿にされた竜彦は、

「うるせえ！」

と言いながらも、決断には踏みきれないらしい。

「早くしなさいよ」

優奈は強さを演じているだけで、今にも倒れそうなほど衰弱していた。友一も、翔太も同じ状態だろう。

「よし……俺はここだ」

竜彦が選んだのは、次の扉に一番近いイスだった。

「優奈ちゃん、次選んで」

友一にそう言われ、優奈は迷わず竜彦の真向かいを選んだ。翔太はその右隣。友一は残ったイスの前に立つ。

優奈と竜彦の睨み合いが続く。

「本当にそこでいいの？」

揺さぶりを入れると、竜彦は強がりを見せた。

「へっ。お前こそ」

「同時に座りましょう」

「望むところだ」

言葉とは逆に、竜彦の声は強張る。

優奈は少し目を瞑《つむ》り、暗闇の中に父と母の姿を映す。

決心の鈍らないうちに、カウントを告げた。

「……3」

その声は、四人の心臓に重く響く。

「……2」

優奈は息を吸い込み長い間を溜める。そして、パッと目を開けた。

「……1」

最後は少し、口元が震えた。

四人はお互いの動きを確かめながら、恐る恐るイスに腰掛け、肘《ひじ》置きに手を置いた。

押し潰されるほどの緊張が四人を襲う。胸の鼓動が、激しさを増してくる。呼吸の数が増し、竜彦の額からはダラダラと汗が流れ始めた。

優奈は、すがりつくような目を友一に向けた。顔面蒼白の友一はそれでも、信じるんだというように頷いてくれた。

座ったはいいものの、一向に、イスに変化はない。

何もないじゃない。そう思ったその時、鉄のロックが飛び出し、両手や首に巻きついた。ヒンヤリとした感触が神経にまで伝わる。自分が外れを引いたのかと、優奈は肝を冷やした。

完全に身動きの取れなくなった四人に静寂が訪れた。

その時だ。耳を塞ぎたくなるほどの音と、男の奇声が部屋全体に響いた。

あまりにも一瞬の出来事だった。真向かいに座る竜彦は激しく痙攣しながらほんの二、三秒で黒こげになり、グッタリと項垂《うなだ》れた。

しかし、息絶えてはいないのか、それともまだ微かな電流が流れているのか、竜彦の身体はピクピクと反応している。

瞬《まばた》きするのも忘れるくらい、優奈は啞然となる。焼けこげた髪。ボロボロになった衣服。そして、黒こげになった肌。

悲惨な姿が、目に焼きついていく。

衝撃が強すぎて、言葉にならない。三人は金縛りにあったかのように、固まっていた。牧田竜彦の最期は、〈死刑〉の言葉が似合っていた。

両手や首のロックが外れ、優奈は我を取り戻した。と同時に、竜彦の微かな動きは止まった。そこでようやく生きていると実感できた。辺りには、まるでゴムが焼けたような異臭が漂っている。

立ち上がった瞬間、自分の身体を支えるだけの体力が残っていなかったのか、優奈はその場に崩れ落ちた。慌てて友一と翔太が駆け寄る。が、二人の足取りも怪しかった。

「大丈夫か」

友一の荒い息づかいが耳に伝わる。しかし、今はその暖かい吐息が嬉しかった。二人の肩を借りて立ち上がった優奈は、黒こげになった竜彦の遺体を見下ろし、無意識のうちにこう言っていた。

「天罰が下ったのよ……あんたには」

こんな男、地獄に落とされて当然。神ですら竜彦を見捨てたのだ。

ふと優奈は自分の恐ろしさに気づく。イスに座ることを決意したと同時に、この男を殺したいという感情が芽生えていた。心の底から、消えてしまえと強く念じた。

こんなことを思うのは初めての経験だった。心の奥底で眠っていた狂気が、目を覚ました瞬間だった。一瞬でも殺意を抱いた自分が嫌になった。

友一は竜彦の遺体を一瞥し、胸の内を洩らした。

「正直……竜彦で安心したよ」

それは意外な言葉だった。どんな人間でさえ許す友一が。

「友一……お前」

「もし、竜彦が生き残ったら、この先どうなっていたか。考えるだけで、ゾッとするよ」

翔太も、友一の意見に納得せざるを得ないようだった。

「確かに、お前の言うとおりかもしれない。でも残念だよ。俺はこんな竜彦でも、心の底から仲間だと思っていたのに」

竜彦を見据える優奈は、トドメを刺すようにこう言った。

「でもこの男は違った。私たちを殺してでも、生き残ろうと考えた。その結果がこれよ。私たちは、何も悪くない」

竜彦の命と引き替えに、扉の鍵が解除された。もうほとんど酸素のない部屋にこれ以上いるのは危険だった。

「早く出よう」

優奈は、友一に引きずられるようにして扉に向かった。

その時だった。

後ろから、ドサッという音がしたのだ。ヒッと肩を上げた優奈が振り返ると、そこにはイスから落ちた竜彦の姿があった。生まれたての馬のように足をガクガクとさせながら立ち上がろうとしているが、そのまま顔面から崩れ落ちていった。

「ま……待て」

竜彦は床に突っ伏したままで、三人に手を伸ばしながらこう言った。

「お前ら……仕組んだだろ。そうなんだな」

電池が切れたように、竜彦の動きはプツリと止まり、こちらに伸びていた右手は床に落ちた。ピタンという弾かれたようなその音が、妙に生々しかった。

あれだけの電流を受けて、なんて生命力なの……。

生への執念。優奈は背筋に冷たいものを感じた。

「早く行きましょう」

三人は、急いで五番目の部屋を後にした。酸素の行き渡った通路に出ても、なぜか安堵の息はつけなかった。

閉まったはずの扉が、今にも開きそうな気がしてならなかった……。

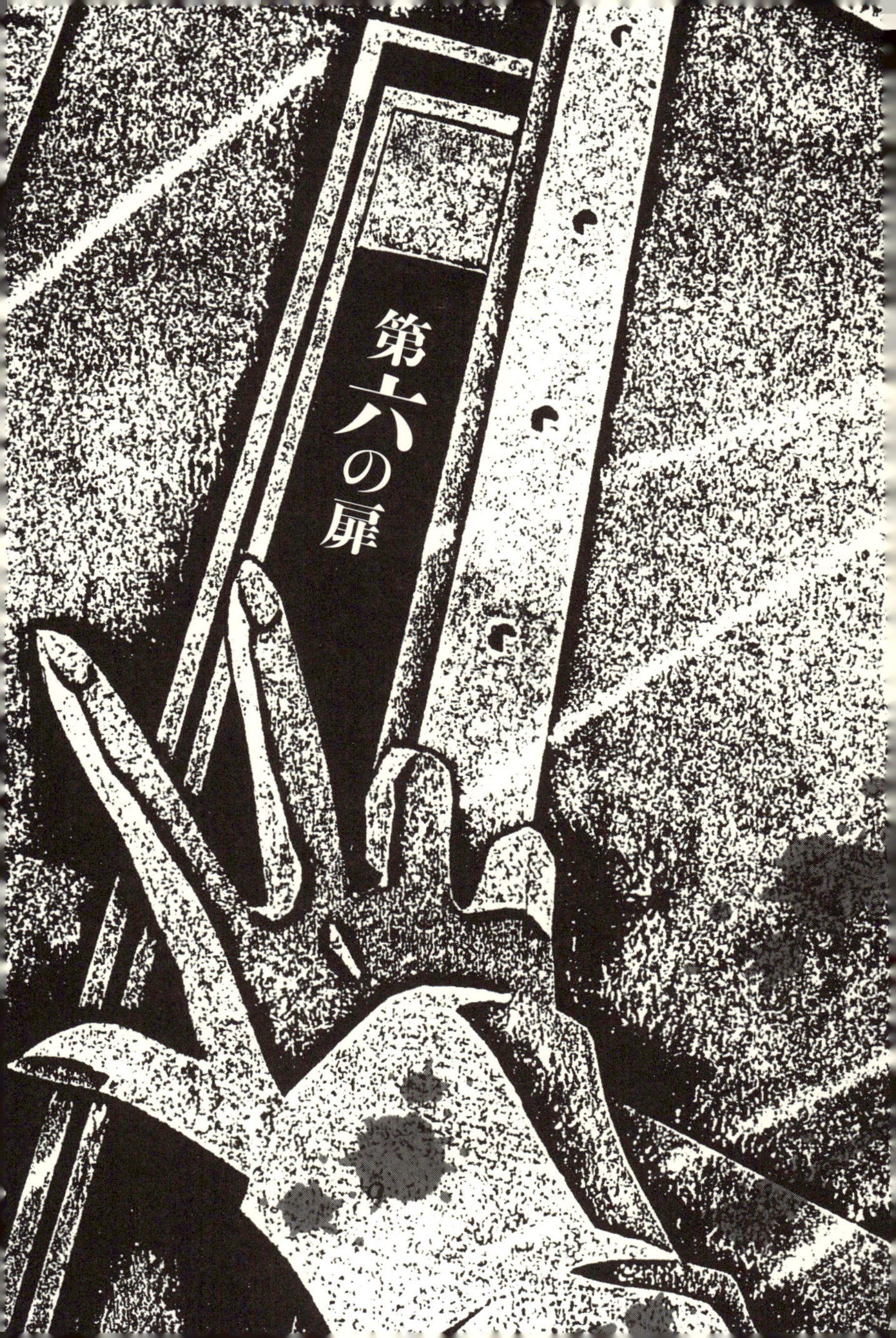
第六の扉

これほどまでに酸素の大切さを知ったのは初めてだ。

狭い通路にうつ伏せになった翔太は、不足していた酸素を呑み込むようにして目一杯取り入れた。すると、赤信号を発していた脳や身体は徐々に正常に戻っていき、朦朧としていた視界もハッキリとした色彩を取り戻していった。

助かった、と実感した途端、自分の情けなさに腹を立てた翔太は、何度も何度も床に拳を叩きつけ、悔しさを露《あらわ》にする。

「どうした……翔太？」

友一の言葉にも反応できないくらい、翔太の頭は怒りに染まっていた。

これでとうとう、三人になってしまった。最初は八人もいたというのに……。

みんな、死んでいったんだ。死ぬ理由も分からずに……。

照之の死からそれほど時間も経っていないのに、遠い昔のような気がする。心に残った大きな傷は、一生癒えることはないだろう。

一番心苦しいのは、彼らが犠牲になったからこそ、自分たちは今も生きているということだ。

まるで、仲間を踏み台にしてきたようではないか。

翔太は今さらながら後悔する。

仲間を死なせずに済む方法があったんじゃないか。実は、全員が助かるヒントがどこかに隠されていたんじゃないか。

全ては自分の責任だ。恐怖のあまり冷静さを欠き、適切な行動に移せなかった。肝心な時にメンバーをまとめられなかった。そのくせ、いまだのうのうと生きている自分。今すぐここから消えてしまいたい。死んだみんなに申し訳ない。

しかし、いくら悔やんでも仕方のないことだった。

この先のことだけを考えればいい。

翔太の瞳には、ようやく呼吸を整えた二人の姿が映る。

せめて、この二人だけは助けてやりたい。恐らく、扉の向こうに広がる部屋も、一人の命を欲しがるに違いない。

翔太はこの時、決心した。

次は俺の番だと。これまでメンバーを束ねてきた男が、最後まで生き残るわけにはいかない。

その先は祈るしかない。二人の前に光が照らされるのを。心の底から、願うだけだ……。

扉を開くのは、これで何度目だろう。

一つ開けるごとに、災いが降りかかる。

だが、開かずにはいられない。随分前に希望は捨て、死を覚悟したとはいえ、心のどこかではやはり諦めきれなかった。だからまた開けてしまう。この扉には、人の心を吸い寄せる魔力がある……。

力を込めて扉を開いた翔太が、

「これは……」

と希望の混じった言葉を洩らした。

目の前に広がる風景に、優奈も今度こそはと期待し、思わず走りだしていた。

優奈たちの前に現れたのは、今までのように狭い部屋ではなく、白い木で作られた一本の橋だった。それ以外は何もなく、見上げても見下ろしても、その先には底の知れぬ暗闇が広がっている。足を踏み外すことなど、優奈は考えもしなかった。

一切の光などないが、この橋の向こうに、出口があるのではないかと、そんな気がしたのだ。

優奈は手すりに触れながら、橋を激しく揺らして一直線に進んでいった。

「優奈ちゃん、気をつけろ！」

出口を夢見るあまり、何の疑いもなくひたすら走る優奈に、友一の注意が飛ぶ。しかし、身体がいうことをきかない。前に進めば進むほど、期待は大きく膨らんでいく。二人の足音が、段々と離れていく。

走っても走っても、なかなか出口は見えてこない。だが、この先に、外に通ずる扉があるのは間違いなかった。

そう、そのはずだった……。

二百メートルは走ったかというところで、突然、優奈は足を止めた。

全力で駆けた疲労が、今になってどっと押し寄せてくる。

優奈の期待は見事に裏切られた。五十メートルほど先には大きな大きな壁があり、その中央に扉があるというのに、これ以上、進めない。

「もう……いや」

木の橋が、途切れているのだ。あと一歩踏み出していたら、奈落《ならく》の底に落ちるところだった。

どうやってあの扉を開くのだろう。

答えは簡単だった。斜めに吊《つる》されている向こうの橋を、下ろせばいい。

どのように？　それは考えるまでもなかった……。

優奈に追いついてきた二人は、巨大な壁に圧倒されるとともに、橋が途切れてしまっていることに落胆の色を隠せなかった。

「結局……こういうことになるのかよ」

橋の下を覗き込みながら呟いた翔太の声には、恐怖の中に寂しさのようなものが混じっていた。

「ここで一人が落ちれば、あの橋は下りてくる。そういうことだろう」

翔太の言うとおりだと思う。

優奈はふと、友一の様子がおかしいことに気づいた。翔太の言葉を聞いていないのか、緊張した面持ちで俯いている。一体、どうしたというのだろう。

それと同時に、優奈は翔太が洩らした独り言を聞き逃さなかった。

ここから、落ちれば。

確かにそう言った。

妙な胸騒ぎがする。

「清田くん?」

声をかけると翔太は狼狽し、もう一度下を覗いて、

「落ちたら……即死だよな」

と取り繕うように言った。

「変なこと考えないでよ」

少し強い口調で言うと、翔太は目を泳がせながら、

「どういう意味だよ」

と無理矢理笑みを作った。この会話以降、翔太は優奈と目を合わせようとはしなかった……。

橋の先端に立っていると、不気味なほどの静けさが辺りを包む。

橋の下に広がる深い暗闇を見ていると、今にも吸い込まれてしまいそうだ。死んだ仲間たちの手が伸びてきて、足首を掴まれるのではないか。そんな想像に優奈は思わず目をそらした。

この三人のうち、誰かが犠牲にならなければ、あの橋は下りてこない。

だが、優奈に焦りはなかった。

もういいのではないか。前の部屋ですでに、死ぬ覚悟はできていたのだ。まだ生きているのは、単に運が良かっただけだ……。

もう、仲間同士で〈殺し合い〉のようなことはしたくない。憎しみだけが残るのなら、終わりにしたい。

この数分間、誰も口を開かなかった。

緊張を紛らわせようとしたのか、翔太が突然、こんなことを言いだした。

「なあ、俺たちが初めて会った時のこと憶えてる?」

優奈と友一は翔太に身体を向ける。同時に、橋も微かに揺れる。

もちろん憶えている。全員が一斉に顔を合わせたのは、サークル初日。皆、緊張の面持ちで集まっていた。自分はその前から千佳と仲良くなっていたので、それほどでもなかったが、それでも、期待と喜びが混ざり合って固くなっていたと思う。

「あの日さ、豊がやたらうるさくて、先輩にこっぴどく叱られてたよな」

そういえば、そうだった。

あの時は、何だこのガキっぽい男は、と冷たい視線を送っていた気がする。

「そんなこともあったね」

優奈は、自然な笑みを浮かべていた。こうして思い出話をするだけで、今の状況を忘れられる。

とても不思議だ。まるで、まだ大学にいるみたいだ。

「自己紹介する時、俺なんて緊張して声裏返っちゃってよ」

「え？　そうだったっけ？」

「そうだよ。先輩たちに笑われて、すげえ恥かいたんだから」

こんな時なのに、思わず笑い声が出てしまう。

「優奈ちゃんは、サークルのマドンナだったよな」

思ってもみなかった言葉に優奈は心底驚いた。

「え？」

「実はそうなんだぜ。先輩たちには大人気だったんだから」

そんなの初めて聞いた。初めてやるテニスの面白さに夢中で、あまり周りを意識したことはなかった。

「そ、そうなの？」

もっと早く言ってくれればいいのに。

「そうだよ。俺はてっきり、誰かにコクられてるかと思ったけど」

優奈はまさかと手を振る。

「全然。そんなの一度もないよ」

翔太は意外そうな顔だ。

「何だ。そうなんだ」

そこで一旦会話は途切れる。

綻《ほころ》んでいた翔太の顔が突然、真顔になる。彼の瞳には、友一が映っていた。

「で、友一、お前だ」

ボーッとしている友一は名指しされ顔を上げる。

「俺？」

「そう。俺はずっと、お前に一目置いていたんだ」

「な、何だよ急に」

「頭はいいし、テニスは上手くて、統率力があって、背が高くて顔もいい。当然、女にはモテてる」

「そんなことないよ」

「まあ聞けよ」

翔太の真剣な口調に制され、友一は押し黙った。

「お前は俺のことをどう思ってるか知らないけど、俺はお前をライバルだと思ってきた。お前からは、凄い刺激を受けたんだ。俺の目標でもあった。言い争うこともあったけど、それでも俺は嬉しかったんだ」

どうしたんだろう。友一の目に、じわりと涙が滲む。

「こんなこと、直接本人に言うのはこっ恥ずかしいけど……もう、言う機会はないかもしれないから」

翔太は少しだけ寂しそうな顔でこう言った。

「お前に会えて、よかったよ」

不吉な予感が頭から離れない。別れを告げているような気がしてならなかった。

友一は、答えないというよりも、答えられないといった様子で、ずっと、下を向いている。

翔太は再び、明るい口調で言った。

「大学に入って一年半。短いようだけど、思い出すと色々あったよな」

そう、自分たちはまだ一年半しか大学生活を送っていないのだ。長いようで短かったのか、それとも、その逆なのか。とにかく、毎日は充実していた。東京へ出てきて、初めてのことが多かったからかもしれない。

日々、新鮮だった。こんな楽しい時間がいつまでも続けばいいのにと、ずっと思っていた。

まさか、こんなことになるなんて……。

「思えば、優奈ちゃんとは結構長い時間一緒にいたような気がするな」

テニスの練習が終わった後、千佳と照之を交えた四人で、夕食を共にしたことを思い出した。

思えば、下らない話ばかりしていた。千佳は照之のことで頭が一杯で、会話どころではなかったが。

「もっと、みんなと一緒にいたかったな……」

結局は、重い空気になってしまう。五人の死が脳裏を過ぎる。特に、美紀と竜彦の死は頭にこびりついて離れない。今にも、呪《のろ》いの言葉が聞こえてきそうだ。

大きく息を吐き出した翔太は、長い間、橋下を眺めている。

清田くん？

口を開こうとした時、ずっと黙っていた友一が、俯いたまま静かに言った。

「俺は」

その声に、翔太が振り返った。

「うん？」

友一は改めて口を開く。

「俺は、ずっと、自分で言うのもなんだけど……」

友一の喋りはどこかぎこちない。

「親が医者で、勉強ばかりやらされてきて、確かに成績は良かった」

直接、本人の口から言われると、妙に新鮮に聞こえる。

「でもそのせいか、周りからは一歩引いて見られてた」

それには納得できる。友一は成績優秀でスポーツ万能。しかも、医者の息子だ。完璧《かんぺき》すぎて、近寄りにくい雰囲気が出ているのは確かだ。

「でもさっき、翔太にライバルって言われて、すごく嬉しかった。本当の友達として、見てくれていたんだって実感したよ。ありがとう」

翔太は少し照れながら、

「お、おう」

と返した。

「本当は、翔太ともっと一緒にいたかったし、色んな話もしたかった」

ずっと顔を下に隠していた友一が、翔太に目を向けた。

緊張した様子なのに、彼の目は妙に醒《さ》めている。友一の雰囲気は、いつもと、どこか違う。

「でも……でも」

瞬き一つしない友一は、その先がなかなか言いだせないのか、またしても、うっすらと涙を浮かべていた。

「どうした?」

翔太の声に、友一はビクつく。

「でも、俺は、俺には、守らなきゃいけない人がいる……」

何かに取り憑かれたかのように、友一は一歩踏み出した。

「山岡くん?」

耳に届いていないのか、友一は真っ直ぐ翔太の元へ近づいていく。

「……翔太」

友一は震える声で、小さくこう言った。

「許してくれ」

「え?」

友一の両腕は、橋の先端に立つ翔太の身体に伸びた。

止める間もなかった。

突然、身体を押された翔太はバランスを崩し、こちらを向いたまま暗闇に向かって落ちていく。

「清田くん！」

叫んでも、手を伸ばしても無駄だった。瞳の中で、翔太の姿がみるみる小さくなっていく。ほんの一瞬の出来事が、まるでスローモーションのように……。

「生きろ！」

落ちていく翔太は、最期に力強くそう叫んだ。その言葉が胸に響いた。

彼の体が叩きつけられる音が聞こえてきたのは、それから数秒後のことだった。

「……清田くん」

瞼《まぶた》を閉じると、瞳に溜まった涙がこぼれ落ちた。優奈は、まるで子供のように大声を上げて泣いた。

生きろ！

仲間に裏切られたのに、どうしてそんなことが言えるのか、優奈には分かっていた。

友一に身体を押された翔太は、一瞬、驚いた表情を見せたが、俺なら大丈夫だというように、優しく微笑んだ。

そう、やはり最初から自分が犠牲になるつもりだったのだ。

それが予測できていたから、いつでも止める準備はできていた。しかし、まさか友一が、仲間を突き落とす行動に出るなんて。

ただただ、信じられない。

何が彼を狂わせたのだ。

「……どうして？」

優奈は、怒りに震えた。顔を上げると、友一は呆然とドアのほうを見つめていた。

優奈は友一の肩を鷲掴みにした。

「ねえ、どうしてあんなことしたの！」

焦点の定まらない友一が何か呟いたが、何を言っているのか、要領を得ない。

そんな友一に優奈の怒りは増す。

「何をしたか分からない？　あなたは人を殺したのよ！　罪のない仲間を殺したのよ！」

友一は自分の両手を見つめ、静かに涙を流した。

その涙を見て優奈は、友一から手を離した。

「殺したなんて……ごめん。でも、どうして」

冷静に尋ねると、友一は再び俯きながらこう答えた。

「君を……守りたかったんだ。ここでは死なせられなかった。だから……」

意外な言葉に返事もできなかった。

彼の気持ちを知り、心底驚く。

「ただ……それだけだ」

友一は、目を合わせようとはせず、出口の扉に身体を向けた。

「もちろん、翔太には悪いことをしたと思ってる。でも……分かってくれ。こうするしかなかったんだ」

守らなきゃいけない人がいる。

私のために友一は自分の手を汚し、私のせいで翔太は死んだ……。

それは、私……。

「……そんな」

優奈は、複雑な思いで一杯になった。

全ての原因が、私にあったなんて……。

不安定な橋の上に、優奈は崩れ落ちた。

「お、おい。しっかりしろ」

友一が手を差し出してきたが、すがる気にもなれなかった。

やがて、斜めに吊られていたもう一方の橋が、ギシギシと音を立てながらゆっくりと下りてきた。その様子を、友一はじっと眺めている。

やがて、二つの橋は一本に繋がった。それでも優奈には立ち上がる気力が湧《わ》いてこない。翔太に対する罪悪感で押し潰されそうだった。

友一は振り返りもせずに言った。

「さあ行こう」

しかし、優奈はそれほど簡単に割り切ることはできなかった。

「俺の気持ちも分かってくれ。元の世界に戻れると信じて、進むんだ。君にはその義務がある」

「義務……」

「そう。ここで君が諦めたら、俺は翔太に何て言えばいい」

友一は自分の全てを犠牲にして、翔太を突き落とした。翔太も、私たちに生きてほしいと願っている。

それは分かっている。だが……。

「さあ」

改めて友一に手を差し出された優奈は、その力を借りて立ち上がった。そして二人は無言のまま、五十メートルほど先にある扉に向かった。しかし、一歩一歩が異様なほどに重く、扉が遥か遠くに感じられる。

巨大な壁にある鉄の扉。ノブに手をかけたのは友一だった。

開く前に、優奈は思わず振り返り、無意識のうちに呟いていた。

「清田くん……自分から死のうとしていた。きっと最初からそのつもりだったのよ」

友一は辛い記憶を振り払うように、

「行こう」

と扉を開けた。優奈は友一の後ろにピッタリとつき、薄暗い通路を進んだのだった……。

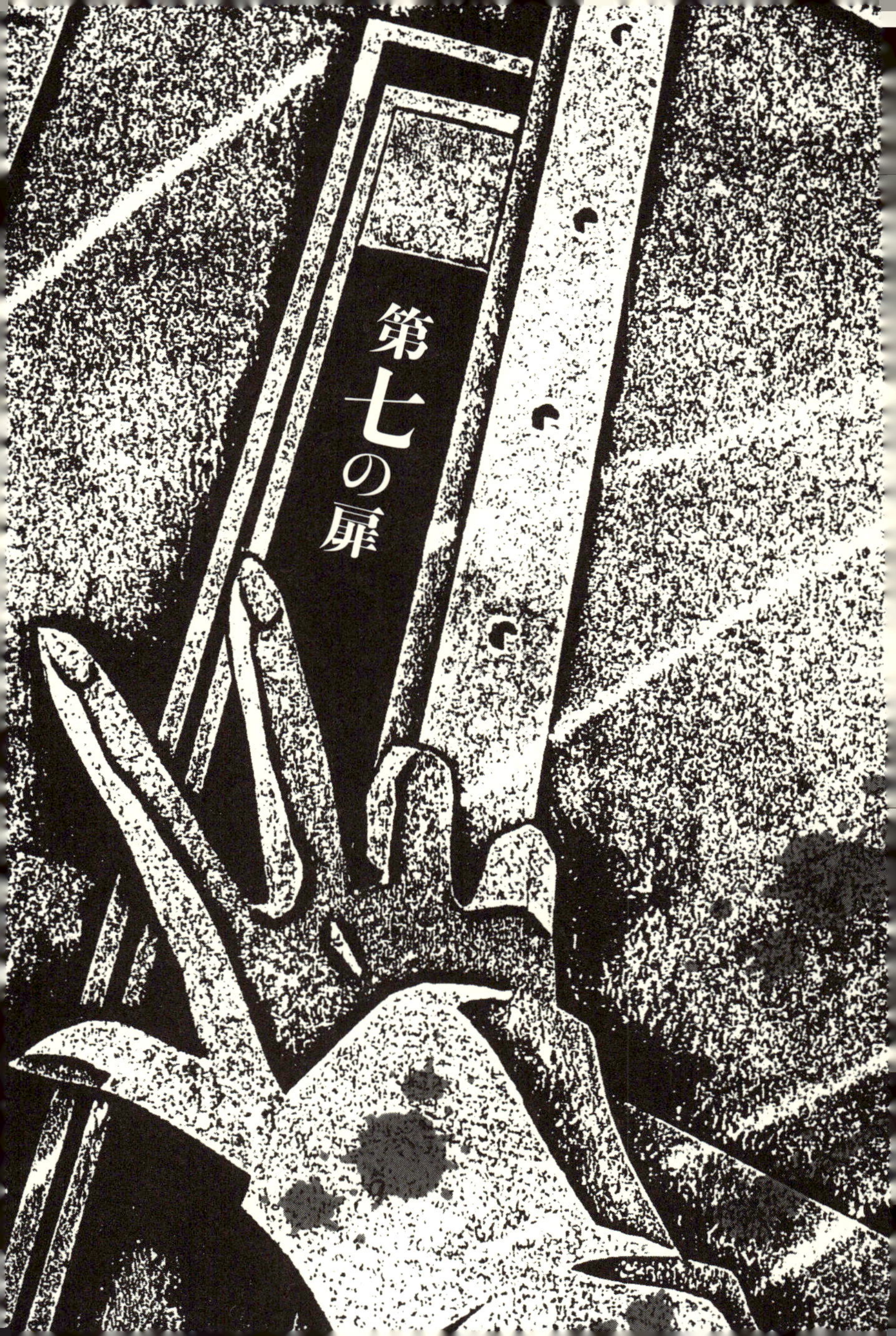
第七の扉

〈俺、清田翔太。よろしく〉

翔太との初めての会話が、ふと思い出された。サークル初日、翔太は照之と一緒に私と千佳に挨拶をしてきた。

目を輝かせながら握手を求めてきた際、今時珍しい〈熱い男〉というイメージを持ったが、それは正しかった。しかし暑苦しいというのではなく、好感の持てる熱血男。サークルのメンバーをいつもまとめ、みんなのために必死に動いてくれた。そんな彼を、優奈は頼もしいと思っていたし、みんなだって頼っていた。

将来の夢が中学か高校の教師というのも、何とも彼らしい夢だった。

問題の多いクラスの担任になって、時間をかけてまとめていくんだと、彼はいつも語っていた。ドラマの観すぎだと周りには笑われていたけれど、翔太は真剣だった。学校がもっと子供のために熱心に取り組めば、少年犯罪は少なくなる。周りの教師やＰＴＡと協力し合って、今の教育を変えたいと意気込んでいた。

実際、彼が担任だったら毎日が楽しいだろうし、子供たちの将来も良い方向に変わっていくのではないか……。

教師になって、子供と接する翔太を見てみたかった。彼ならきっと、生徒たちに愛される教師になっていたはずだ。

私はまたしても一人、大切な仲間を失ってしまった。

しかも、自分のせいで。

〈……生きろ！〉

彼の最期の言葉が繰り返し思い出される。

優奈は、翔太に誓った。

一時は、何もかも諦めたが、私は生きる。絶対に。友一と一緒に、ここから脱出する。たとえそれが無理でも、死ぬことになっても、最後の最後まで投げ出したりはしない。それが翔太への約束だ……。

くよくよしてなんていられない。前だけを見て、進んでいく。

優奈は、翔太が最後に見せた微笑みを胸の奥に大切にしまった。そして、心の中で翔太にありがとうと告げ、目の前にある扉をしっかりと見据えた。

しかし友一の背中からは、不安と恐れが滲み出ている。扉に手をかけるが、開くことができない様子だ。二人は、しばらく通路に立ち尽くしていた。

ここへ来て何を迷っているのか。翔太への罪悪感で、決心が鈍ったか。それとも……。

「山岡くん？」

そっと声をかけると、友一の肩がビクリと上がる。

「どうしたの？」

友一は深呼吸し、首を振った。

「いや、何でもない。開くよ」

優奈はしっかりと頷く。

「ええ」

静まり返った通路に、扉の開く音が響き渡る。

この音を聞くたびに、心臓が暴れる。

優奈の瞳に、薄明かりが射す。しかしその明かりはどこか濁っているような、明らかに太陽の透き通った光ではない。

それは、部屋の蛍光灯とともにネズミ色のコンクリートが視界に入り込んできたからそう感じたのだ。

二人の前に、またしても〈死の部屋〉が立ち塞がった。初めに足を踏み入れたのは友一だ。

しかし優奈は友一の背中は追わない。

やっぱり祈りは通じなかったと、胸の中に眠る翔太に伝える。どれだけ、返事がほしかったか……。

扉を開くたびに裏切られ続けた優奈は、小さな溜息をつき、彼に少し遅れて部屋に入った。

この部屋は、これ以上ないくらいシンプルだった。

中央に寂しく立っているのは、よくバーで見かけるような背の高い一本足のテーブルだ。

その上に並べて置いてある赤と青の二つの小さなカプセル。

市販の風邪薬のように見えなくもない。

しかし……。

恐らく、当たりとハズレに分かれている。

ハズレには毒薬でも詰められているのか。きっとそんなところだろう。死に繋がるのは間違いない。

当たりを引いたほうはこの部屋から出られる。

確率は二分の一。

だが、当たりを選んだとしても、その先に可能性があるのか。どちらにせよ、死が……。

いや、その先を考えるのはやめよう。翔太との、約束がある。

薄明かりに照らされている二つのカプセルは、不気味な艶を放っている。

まるでこちらを誘惑しているようだ。

しかし、そう簡単に手を出すわけにはいかない。もう死を恐れる気はないが、二人とも助かるような良い方法があればそれに越したことはない。

無理だとは分かっているが、それでも、諦めるわけにはいかない。

その時、優奈は、前に経験した時と同じ状況にあることに気づいた。

この部屋も酸素が薄い。まだ苦しくなるほどではないが、あの辛さは二度と味わいたくない。

ここでも時間は、限られている……。

早く決断しなければ……。

「山岡くん。ここも」

すでに気づいていたのだろう、友一は静かに頷いた。扉を開ける前とは別人に思えるほど冷静だった。それとも、ただ装っているだけなのだろうか。

「優奈ちゃん」

不思議なほど落ち着いた声で、友一は唐突にこんなことを言ってきた。

「ちょっと……座らないか」

予想外の言葉ではあったが、優奈の中に焦りはない。

「うん」

優奈は壁の傍に腰を下ろし、両手で膝を抱える。

「隣り、行ってもいいかな」

この時のほうが、友一は緊張しているようだった。優奈は頷いたまま顔を上げなかった。

友一は数センチの距離を置いて、隣りに座った。

一瞬、彼の腕が当たり優奈は硬直した。何だろう、この空気。胸が苦しい。

こんな時に異性としての友一を意識するなんて。

目の前に、〈死のカプセル〉が置いてあるというのに。タイムリミットは刻一刻と迫っているというのに……。

君を守りたかったんだ。

優奈は、友一の言ったこの言葉を意識しすぎていた。

友一は、俯き加減のまま口を開く。

「俺、最低だよな。親友だと思ってくれていた翔太を、突き落としたりなんかして」

何て言っていいのか、適切な言葉が見つからない。

「でもさっきも言ったように、どうしても君を守りたかった。生きていてほしかった。そして何より……最後まで君といたかったんだ」

優奈は、正直な思いを口にした。

「正直、ショックだった」

「心の底から悪いと思ってる。どうかしてたんだ」

「でも……山岡くんの気持ちは嬉しかった。ありがとう」

そのせいで翔太は死んだのだ。複雑な気分ではあるが、いつまでも友一を責めるのも可哀想な気がした。

「俺……」

急に友一の言葉が震えだした。

「何?」

顔を向けると、友一は咄嗟に目をそらした。彼は表情を強張らせながら、言葉を続けた。

「今まで言えなかったけど、俺、ずっと優奈ちゃんを見ていたんだ」

言い終えた友一は、大きく息を吐き出し、それでも気まずそうにソワソワとしている。翔太がいなくなった時に、彼の気持ちを知ったわけだが、こうして直接告白されると、どう答えていいのか戸惑ってしまう。

「ありがとう。でも全然……気がつかなかった」

返事をはぐらかしたのではなく、それは事実だった。自分がただ鈍感なだけ?

いや違う。友一は自分たちとは違って、別世界で生きているような、そんな雰囲気が漂っていたから、恋愛対象ではなく、尊敬の眼差《まなざ》しで見ていたのだ。だから友一の視線を、特別なものとして感じなかったのかもしれない。

そんな素振りだって……。

その時になって、優奈はあの飲み会の後のことを思い出した。

友一が私を呼び止めた時のことだ。結局、何を伝えたかったのか分からずじまいだったが。

それが最後の記憶になっている。

「飲み会が終わって解散した後……俺、優奈ちゃんをクリスマスに誘おうとしたんだ。でも、言えなくてさ。自分が情けなかったよ」

あの時の友一の不自然な態度の理由が、ようやく分かった。

「そ、そうだったんだ」

「でも、もうデートには行けそうにないな」

友一は苦笑いを浮かべて、天井を仰いだ。

あの日に誘われていたら、戸惑いつつも、きっとOKしていたのに。

久しぶりのデートに、胸を弾ませたに違いない。

こんな状況の中、優奈は淡い幻想を抱いた。

もしここに連れてこられなければ、この人とつき合うことになっていたかもしれない。今はまだ、特別な感情を抱いてはいないが、漠然とそんな気がする。

自分の想いを伝えて友一はスッキリしたのか、いつもの自然な表情に戻っていた。

「なんか、重い空気になっちゃったね。ごめん」

「そんな」

「そういえば、優奈ちゃんは大学卒業したらどうするつもり？　何か、やりたいこととかあるの？」

そう尋ねられて優奈は答えに迷った。

高校生くらいまでは、ファッションデザイナーになりたかったが、特に理由もなくその夢は消えていた。それからは、特に考えてもいなかった。

「今は、何も。毎日が楽しければ、それでいいかな。でも、このままじゃヤバいよね。いい加減、考えなくちゃ」

「そんなことないよ。俺なんて医学部だけど、医者になるかどうかも分からないし」

「どうして？」

「親父が嫌いなんだ。俺が医者になることばかり考えている。毎日毎日、重圧をかけてきて……疲れたよ」

「……そう」

自分は勘違いしていたのかもしれない。友一は何不自由ない暮らしをしていて、将来も安泰だと思っていた。そんな彼に、悩みなんてあるわけがないと。

「それより、話戻るけどさ」

友一は家庭の話をするのが嫌なのか、無理に話題を切り替えた。

「優奈ちゃんは、看護師さんなんかがいいんじゃない？」

「看護師？」

白衣の天使なんて、考えたことがなかった。

「人には好かれるし、面倒見もよさそうだし、ピッタリだよ」

「そうかな」

「そうだよ」

「でも、今は普通の大学だし」

「まあ、そうだけどね」

二人は顔を見合わせてクスクスと笑った。目の前にあるカプセルの存在など、すっかり頭から消えていた。

「コンビニでバイトやってるって言ってたよね？」

「うん。そうだけど、どうしたの突然」

「いや、俺今までバイトなんてしたことがなくて、興味があったからさ」

優奈は頬を膨らませる。

「それ、貧乏人に対する嫌味？」

友一は慌てて手を振った。

「いやいやそうじゃなくて、楽しそうだなって」

優奈は疲れたように肩を落とす。

「そんなわけないじゃん。実家だったら絶対にバイトなんてやってないよ。時給は安いし、そのわりにはもの凄くこき使われるし。変な客だっているし」

「変な客？」

優奈は嫌そうな顔をする。

「そう。エッチな本をレジに持ってきてニヤニヤしてるオヤジとか、ナンパしてくるヤンキーとかさ」

「……大変なんだね」

「コンビニのバイトは辞めようかって思うくらいだよ」

「そ、そうなんだ。でも、初めて給料を貰った時は嬉しかったでしょ？」

「うん……確かにそうだけど」

「俺も一度はやってみたかったな、アルバイト」

無意識のうちに、友一が使った過去形の言葉に、優奈の胸は痛んだ。

しかし、友一はそれに気づかず、嬉しそうに喋り続けた。

「俺も自由が欲しかったな。言ってみれば俺は、両親の玩具《おもちゃ》だった。だから窮屈な毎日から抜け出したかった」

優奈は力を込めて言い聞かせた。

「これから抜け出せばいいじゃない」

しかし友一は、ただ優しい笑みを見せるだけだった。

「ところで、岐阜はいいところ?」

突然話題を変えられて優奈は思わず戸惑った。

「う、うん」

「岐阜って、何が有名なの?」

「ええっと……温泉とか……かな」

「へえ、そうなんだ。俺は、両親が東京生まれだから、地方に出かける機会が少ないんだ。田舎がある優奈ちゃんが羨ましいよ」

「そうかな。うちなんて本当に田舎だから周りに何もないよ。東京に比べたら、もの凄く不自由。

当たり前だけど……」

友一は目を輝かせながら、

「それがいいんだよ！　今度、是非連れていってほしいな」

と言った。

その言葉に、優奈はようやく未来を感じた。

さっきの言葉は聞き間違いで、この先も一緒にいてくれる。私を守ってくれる。

そうだ。友一が諦めるはずがない。優奈は、彼に力をもらった気がした。

その後も彼は、心の底から楽しそうに様々なことを聞いてきた。

中学、高校でもテニスはやっていたのか。

普段、料理はやるのか。

いつもどんなテレビを観ているのか。

他人が聞いたら些細《ささい》なことだろうが……。

優奈は、一つひとつに丁寧に答えていった。今まで感じたことのないほど、幸せな思いに包まれ、いつしか、優奈の心は友一に引き寄せられていた。

しかし、時間が経つにつれ、疑問が芽生え始めた。

友一は一向に、ここからの脱出方法を考えようとはしない。

酸素がなくなるまでには余裕があるが、彼には一切の危機が感じられなかった。

まるで、〈今〉を楽しめればいいというような……。

また一つの話題が終わり、沈黙が訪れた。

すると、突然友一が腰を上げ、こちらに背を向けながら言った。

「優奈ちゃんと話してると、いくら時間があっても足りないな。全然疲れないのは楽しい証拠だな」

少し照れ臭そうだった。

しかし言葉とは裏腹に、友一の呼吸数は増えている。優奈も、若干の空気の薄れを感じ始めた。

「本当は、もっともっと話したかった。こんなところじゃなくて、例えば、大学内とか、喫茶店とか……そう、二人でどこかへ行ったりもしたかった。けど、自分が悪いんだよな。もっと早く優奈ちゃんに想いを伝えてれば、結果はどうあれ、後悔することはなかったのに」

その言葉に、優奈は胸騒ぎを覚えた。

どこかで聞いたような、別れを意識させる台詞……。

友一は後ろ姿のまま言葉を重ねていく。

「でも、やっぱり心残りはないかな。二人きりで、色んなことを話せたし、少しは優奈ちゃんのことが分かったし。それで、十分だよ」

優奈は立ち上がり、友一の袖を摑んだ。

「この先だって、たくさん時間はあるじゃない。ここで終わりじゃないよ」

友一はこちらを振り返り、寂しそうに首を振った。

「ありがとう。でも無理だ」

「どうして」

「現実的に考えて、ここから二人が出るのは不可能だ」

「それを今から」

考えればいい。そう言おうとした優奈は口を噤《つぐ》んだ。

友一は鋭い眼差しで、扉のほうを指さしたのだ。

「俺は信じてる。この先に必ず出口があることを」

優奈の、袖を摑む力が強くなる。

「どういう意味?」

「君は犠牲になった仲間の分まで生きるんだ。いいね?」

友一は強く言った後、表情を和らげた。

「大丈夫。優奈ちゃんはそんなに弱くないから」

諦めかけている友一を何とか説得しなければ。

「お願い、私を一人にしないで。この先も一緒にいてほしい。さっき言ったでしょ？　岐阜に行きたいって。一緒に行こうよ。残されるほうの気持ちも考えてよ」

こんな時にもかかわらず、友一は冗談混じりに返してきた。

「それが告白の返事かな。嬉しいよ」

優奈はその場で泣き崩れた。

「もう誰も失いたくない。だったら」

翔太の言葉が胸に響く。

死んだほうがマシ、とは口が裂けても言えなかった。

「まだ、しばらくの間なら一緒にいられるかもしれない。でも、そうすると必ず苦しい思いをすることになる。その前にここから出るんだ」

優奈は涙を拭って、キッパリと言った。

「嫌よ」

「そんなこと言うなよ」

「嫌」

友一は屈み込むと、優奈の肩に優しく手を置いて言った。

「翔太を突き落とした時、俺はあいつと約束したんだ。必ず優奈ちゃんを助けるって。だから絶対に死なせるわけにはいかない。何と言われようと、俺は君を助ける」

友一はそっと手を差し伸べてきた。

「さあ……立つんだ。君は生きなければならない。今からそんなんでどうするんだ」

友一の決意は揺るがない。しかし優奈にとっては、友一が死ぬ代わりに、自分が生き残るという選択だ。どんな言葉で諭《さと》されたって、決心などつくはずがない。

優奈は涙声で訴えた。

「どうしても一緒にいてほしいと言っても？」

友一は、優奈のその言葉に心を動かされた様子もなく答えた。

「そうだ」

友一が改めて、手を差し出してくる。

「立つんだ」

優奈はしばらく拒んでいたが、とうとう彼の手を握ってしまった。

どんな言葉で説得しても、彼の気持ちは変わらないと悟り、同時に、全てを受け入れた瞬間であった。

項垂れる優奈に向かって、友一は明るく言った。

「最後くらい、俺にもかっこつけさせてくれよ。優奈ちゃん、俺は君に出会えて本当によかった。

優奈ちゃんは最高の女性だ。何せ俺が、今までで一番愛した人だからね」

死のうとしている人間の顔とはとても思えなかった。表情も、声も、晴れ晴れとしていた。

しかし、それでも別れの時はやってきた。

その時、優奈は彼についてあまり知らないことに気づいた。

私に対する質問ばかりで、私からはほとんど何も……。

優奈は今さらながら後悔していた。彼の手を取ったことを。やっぱり、二人でいたい……。

なのに友一は、勝手に行ってしまう……。

「優奈ちゃん。ありがとう」

涙で友一の顔が霞《かす》む。

「ちょっと待って！」

しかし、友一は振り返ってはくれなかった。テーブルに置いてある二つのカプセルを掴むと、躊躇いながらも、それを一緒に飲み込んだのだ。

「山岡くん！」

「来るな！」

これまでとは打って変わって、強い口調だった。

「来ちゃダメだ」

友一は、大丈夫というように、無理して笑みを作った。そして、力強く頷いた。

「信じるんだ。君はきっと助かる。俺たちの無念を……」

その時だった。

友一の身体に異変が起きた。

「山岡くん！」

優奈の悲鳴が、部屋中に響き渡った……。

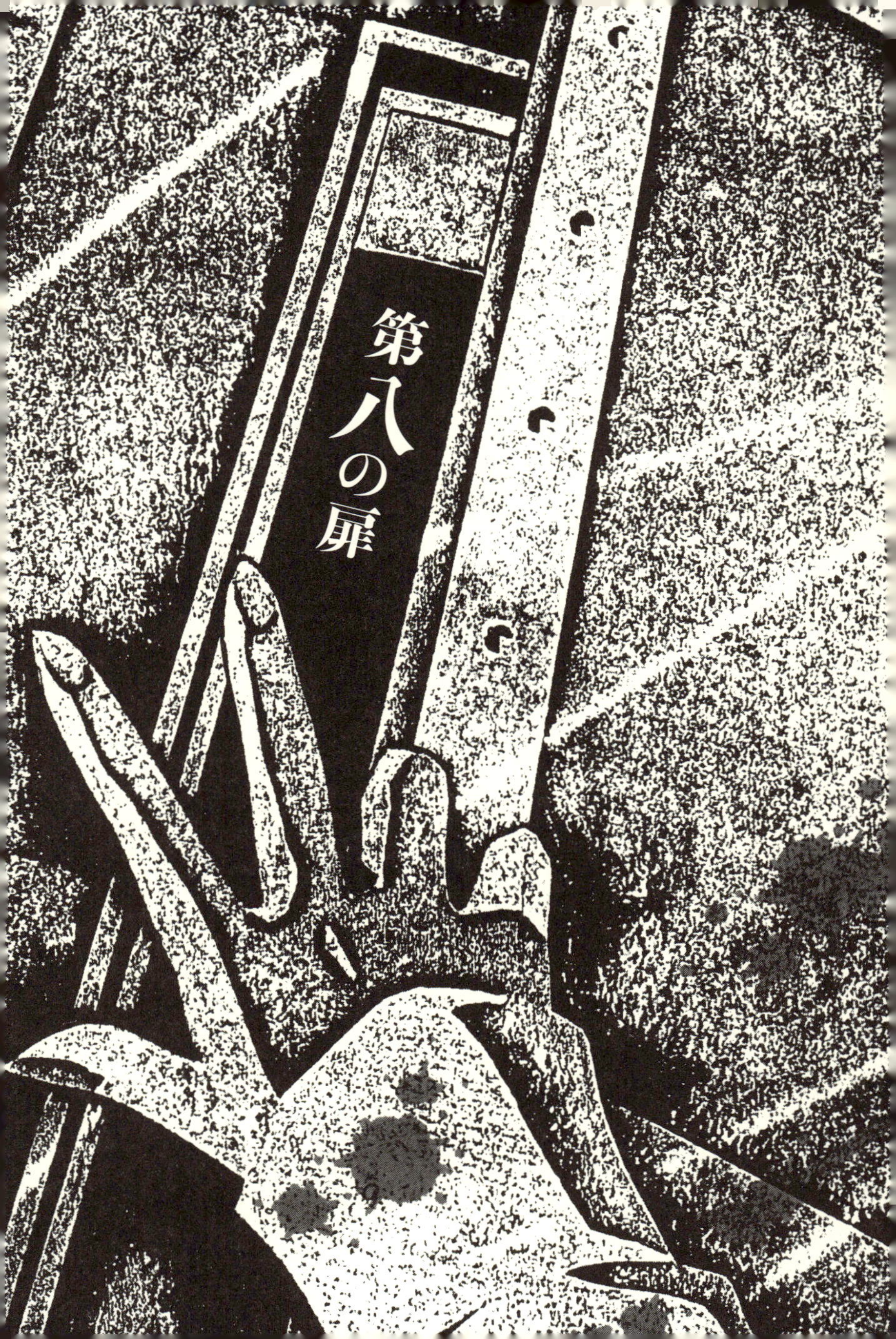
第八の扉

まるで、嵐が過ぎ去ったあとの森にポツリと立っているような……。

コンクリートの箱の中は、異様なほどの静けさだった。

部屋は直視できるものではなかった。

壁や床に飛び散った夥《おびただ》しい血の跡。鉄のような臭いが、部屋に充満している。

優奈は、全身を血に染めて眠る友一を、ただ呆然と見つめていた。

本当に眠っているかのようだ。死んでしまったとは、とても思えない……。

先ほどまでの狂騒が嘘のようだ。

二つのカプセルを口に含んだ友一は突然真っ青な顔つきで優奈を見つめた。

「友一くん！」

呼びかけの声とともに友一は倒れ、両手で首をおさえながら呻《うめ》き声を洩らした。苦しみにのたうち回る姿は見ていられなかった。

いつもの冷静な友一の姿はそこにはなく、彼は絶叫して部屋中を転がり回った。彼の身体がテーブルをなぎ倒し、ガラスの破片が友一の顔や手を切り裂いた。

優奈は恐ろしさのあまり駆け寄ることもできず、悲鳴を上げるだけだった。しかし、最後まで、優奈の声は友一には届かなかった。

友一は、天井に向かって大量の血を吐き出したかと思うと、一瞬、安らぎを湛《たた》えた顔を見せ、そのままピクリとも動かなくなってしまった……。

瞳から、ツーッと涙がこぼれる。無気力状態の優奈は、死んだ友一にゆっくりと歩み寄った。そして、友一の頭を抱きしめ、冷えきった手で髪を優しくなでた。

血に塗《まみ》れた顔とは不釣り合いなほど、髪は綺麗で艶やかだ。

涙が、友一の顔にポタポタと落ちる。透明の滴は血に混じり、赤く滲む。

ついさっきまでの友一との会話を思い出し、優奈は大声で泣いた。

自分の体温は熱くなっていくのに、友一の身体は段々と冷たくなっていく。

彼の死を、実感した瞬間だった……。

部屋に静寂が訪れたのは、それからしばらくしてのことだった。

友一を抱きしめたまま、一体どれだけの時間が経過しただろう。とっくに涙は涸《か》れてしまっていた。心も妙に落ち着いている。悲しくて辛いはずなのに、彼に触れているだけで安心できた。二度と目を開かないことは分かっているのに。

それでも、ずっとずっと一緒にいたい。片時も彼から離れたくない。

しかし、それが許されないことも分かっていた。友一は勿論、全員の死を無駄にするわけにはいかない。

それに、部屋の酸素も大分なくなってきている。呼吸が苦しく、こうしているだけでも身体から脂汗が滲んでくる。このまま部屋に残れば、友一の隣りで永遠の眠りにつくことになる。

〈いつまでもくよくよするな。未来を信じて進むんだ〉

友一が、そう言った気がした。

優奈は、

「分かってる」

と話しかけて、扉に目を移した。

まだ〈死の部屋〉が続くかもしれない。でも私は恐れない。死ぬことになっても、最後まで諦めず、立ち向かっていく。

しかし、ここに来るまでの疲労と、ついに一人になってしまったという思いが優奈の体力を急激に奪っていった。

頭がぐらつき、目に映る映像がぼやけている。

優奈は、しばらく友一の顔を見つめ、

「本当に……ありがとう。私、諦めないから」

と強い気持ちを伝え、友一の頭をそっと床に置き、優奈はポケットの中からハンカチを取り出し、友一の血に染まった顔を優しく拭った。

そして、フラフラになりながら立ち上がり、一歩、二歩と扉に向かって歩き始めた。

果たしてこの先は天国だろうか、それとも地獄だろうか。

優奈は最後にもう一度、友一を見た。

見守ってて。

心の中で言葉を送り、優奈は扉に手を伸ばした。

その時だ。

後ろで、バタンと大きな物音がした。

何が起きたのかと、驚いて振り返った優奈は、愕然《がくぜん》とした。思わず自分の目を疑ったほどだ。

優奈は扉に背中を押しつけ、息を呑んだ。冷えきった扉の感触が、背筋をぞくりとさせた。

なんということだ。

目の前に現れたのは、死んだはずの竜彦だった。

髪は縮れ、肌も激しくただれている竜彦は今にも倒れそうだが、しかし確実にこちらに歩み寄ってくる。

「……嘘よ」

あれだけの電流を受けたはずなのに。

不死身の生命力か。

いや、これは生への執念。

地獄に堕《お》ちても、何度も何度も這い上がってくるということか……。

「牧田……くん」

扉を開けば逃げられるはずなのに、彼に背中を見せるのが恐ろしかった。

「お、俺は……死なねえぞ」

竜彦は、血に染まった友一を一瞥し、薄ら笑いを浮かべた。ただれた顔から覗く白い歯が、薄気味悪い。

「な、何で、てめえが、残ってんだ……？」

優奈は扉のノブを力強く握りしめた。

「……来ないで」

真っ直ぐに歩けないのか、竜彦はバランスを崩し、壁に激しくぶつかって倒れ込んだ。それでも再びゆっくりと、化け物のようにまた起きあがってくる。優奈はドアを開き、この部屋から逃げ出そうとした。

「ゆ、友一を、殺してまで、生きたいか……？」

その言葉に、優奈は激しい怒りを覚え、ドアノブにかけた手を離した。

「汚ねえ女だぜ……友一を、油断させて、殺したんだろ？」

「何言ってんの！　私は……あんたのように汚い人間じゃないわ！」

澱んだ竜彦の瞳が、鋭く光った気がした。

「……何だと？」

「山岡くんは、私をかばってくれたのよ！　あんたには、そんな親友や恋人はいないでしょうね。可哀想な人」

大切な人を殺したと思われたことに堪えられず、涙が浮かんだ。

竜彦は苦しげな息を吐きながら、また一歩、近づいてくる。

「俺は、そんなモノ、いらねえんだよ。自分の……力で生きていく。信用できるのは、自分の力だけだ」

優奈は扉から離れ、迫ってくる竜彦との距離を広げる。しかし十帖ほどの狭さでは、すぐに追いつめられてしまう。

「来ないでよ！」

死に体の竜彦は、ニヤリと上唇を浮かせた。

「生き残るのは……お前じゃねえぞ。こ、この、俺だ」

「この先に出口があるなんて分か……」

竜彦は優奈の言葉を遮り、こう言った。

「前から気にくわなかった……お前を殺して、俺一人が、ここから……出る」

殺す……。

優奈はジリジリと後ずさるが、すぐに背中が壁にぶつかってしまう。

「来るな！」

獲物を追いつめる竜彦は、心底嬉しそうだ。

部屋に広がる、不気味な笑い声。

「へへへ。怖いか。もう、誰も、助けてはくれねえぞ」

一瞬、友一に目をやった優奈は目の前の竜彦を見据える。

逃げるなと、友一が勇気をくれた。

優奈は覚悟を決めて、身構えた。

「やれるものなら……やってみなさい！」

殺伐とした視線がぶつかり合った。

「……上等だ」

竜彦は両手を上げ、優奈に覆い被さるようにして襲いかかる。優奈は咄嗟に反応し、うまくかわす。

その動きは弱々しく、到底、人を殺せる力などない。しかし、首筋につけられた引っ掻き傷に、優奈は興奮を露にした。

こいつは、サークルの仲間でも、知り合いでも何でもない。

私を殺そうとする、敵だ。

殺《や》らなければ、殺られる。

「一気には殺さねえ……ジワジワと殺ってやるからな」

優奈は竜彦の動きに注意を払いながら、下に落ちているテーブルの脚を手に取った。

体力のない今、鉄製の脚は異常に重く感じる。

「へっ……ようやく本性を見せやがったな」

鉄棒を引きずりながら、優奈はただ睨みつけていた。

目の前にいる、敵を。

「やれるもんなら……」

竜彦の、朦朧とした目がパッと見開かれた。

「やってみやがれ！」

大声を張り上げた竜彦は、残っている力を振り絞って突進してきた。

しかし、思ったほどの勢いはなく、ダメージのない優奈の相手ではなかった。

スルリとかわした優奈は鉄棒を頭上に掲げ、最後の言葉を贈った。

「今度こそ……地獄へ堕ちなさい！」

躊躇いなど微塵もなかった。強い憎しみを込めて、優奈は掲げた鉄棒を、竜彦の頭に思いきり叩きつけた。

両手が痺れるほどの手応《てごた》えがあり、竜彦の頭蓋骨が砕けるのがわかった。両手に握り締めた鉄棒は歪んでしまっている。

優奈の容赦ない攻撃を受けた竜彦は叫び声を上げ、膝から崩れ落ちた。そして、執念深く最後にこう吐いた。

「そ、そうやって……友一も、殺したんだな……その顔……殺人鬼……」

言いきる前に竜彦は倒れ、完全に息絶えた。

部屋には、優奈の荒々しい息づかいだけが響いていた。

身体に、酸素が回っていない。辛うじて立っている状態だった。優奈は、動かなくなった竜彦を醒めた目で見下ろした。

「あ、あんたに……言われたくないわ」

優奈はおぼつかない足取りで友一の元へ向かい、改めて別れを告げた。

「私……どんなことにも負けない。だから、見守ってて」

あまりの息苦しさに優奈は、床を這うようにして扉へ向かいドアノブを回した。

その先はまたしても薄暗く、絶望感が漂う。しかし、優奈の目はコンクリートの階段をハッキリと捉えていた。

出口の二文字が頭に浮かぶ。

優奈は、もう一度だけ友一に頭を向け、彼の顔をしっかりと目に焼きつけ、表情を引き締めた。

閉めた扉の音が、周囲に響く。

優奈は薄暗い中、階段を一段ずつゆっくりと上っていく。半分あたりまで来ると、優奈の目に鉄の扉が飛び込んできた。

思わず足が止まった。

しかし、肝心なのはあの先だ。不安と期待が交錯する。

優奈は緊張した面持ちで、階段をさらに上っていく。

一歩踏みしめるたびに、仲間たちの顔が浮かんでくる。

私は、独りぼっちになった。でも、心の中で友一たちは生きている。

きっと、助けてくれる……。

ようやく扉の前に立った優奈は、深い息を吐き出し、胸に手を当てて、気持ちを落ち着かせた。

〈信じるんだ〉

友一の声が聞こえてきた。振り返ると、階段の下に友一が立っているように見える。優奈は強く頷き、再び扉に目を向ける。

たとえこの先に絶望が広がっていようと……いや、悪いことを考えるのはよそう。

絶対に、絶対に生きられる！

優奈は、震える手をドアノブに伸ばした。

鉄のノブに触れた瞬間、心臓がドクンと波打つ。

すでに全身汗だくだった。

優奈は息を呑み、ノブをゆっくりと回す。

キュッと鉄の音が耳に伝わる。

鍵は開いている。あとは、体重を前にかけるだけだ。

〈迷うな。恐れるな〉

友一の声に励まされ、優奈は扉を開いた……。

キーッという錆びた音が周囲に広がる。

それと同時に、青く澄んだ空に輝く太陽の光が、優奈の顔を照らした。まるで歓迎するかのように。

長い間、暗闇にいたせいか、あまりの眩しさに目が耐えられない。優奈は目を細めて下を向きながら、乾いた茶色い地面に一歩、二歩と足を踏み出した。

ドアノブを離すと、驚くほど大きな音を立てて扉は閉まった……。

その直後に訪れた静寂。

次第に外の明るさに慣れてきた優奈は、じっくりと周囲を見渡した。

しかし、茶色い土と、地面から伸びる枯れ草以外、瞳には何も映らなかった。

まるで砂漠地帯のど真ん中に立っているような……。

奇妙な映画でも観ているようだ。

見渡す限りの砂地の中に、地下に通じる扉が一つあるだけだ。それ以外、本当に何もなかった。

「……ここは？」

ようやく出た言葉が、それだった。

日本のどこかだろうか？　それとも……。

外に出られたのに安心できない。

本当に、私は助かったのだろうか。

しかし、太陽の暖かい光を浴びているのは事実だ……。

その時、ふと、おかしなことに気づいた。

あの飲み会の直後だとすると、今は十二月。それなのに、どうしてこんなにも暖かいのだろう。むしろ、少し暑いくらいだ。

そう考えると、やはりここは日本ではなく外国なのだろうか……？

とにかく、と優奈は気を取り直して歩き始めた。

砂利が素足に貼りつき、踏みしめるたびに痛みが走る。かといって足を止めれば今度は不安がこみ上げてくる。

優奈はボサボサになった髪の毛を揺らし、暑い陽射《ひざ》しに汗だくになりながらひたすら歩き続けた。

突然、六つの影が優奈の前に現れたのは、それから数分後。振り返っても扉が見えなくなってからのことだった……。

エピローグ

優奈は、ハッと現実に引き戻された。

いつの間にか、地面に膝をついていることにさえ気づかなかった。

優奈が立ち上がると、六人は恐る恐る中央に寄ってくる。彼らの背中の遥か後ろには、扉が確認できる……。

彼らを見て、優奈は思わず声を上げそうになった。

眩しい光の中から現れた六人の顔が、友一や千佳に見えてしまったのだ。

失った者が多すぎて、どうかしているのだ……。

勘違いの原因は、一人ひとりの外見にあった。一番左からやってくる彼はいかにも正義感が強そうで、翔太と重なる。その隣りにいるメガネをかけたひ弱そうな女の子は美紀。右端から来る彼は目がキツく、それだけで、思い出したくもないが竜彦をイメージさせる。

そして、中央にいる彼。優しそうな目が印象的で、背も、髪型も友一とそっくりだ。優奈はつい自分の目を疑ってしまった。

優奈を含めた七人は、小さな円を作って立ち止まった。全員、大学生か社会人？　高校生以下ではないだろう。

それぞれがお互いの顔を確認し合っている中、友一似の男が口を開いた。

「まさか……皆さんも？」

少なくとも優奈には、その言葉だけで十分意味は通じた。

きっと、他の五人もそうなのだろう。顔や身体の傷を見ればそれは明らかだ。

唯一、髪も服装も乱れていないのは、ロングヘアーの女の子だけで、涼しげな表情を浮かべている。

彼女は非常に整った顔だちをしており、中でも、その目は人を魅了するような艶を放っている。

それだけではない。胸元がやけに強調されるような服を身にまとっているせいか、女の私にでさえ、どこか色気を感じさせる。

ひょっとしたら彼女……。

逆に竜彦っぽい彼に至っては、額から血を流している。〈よほど〉のことがあったのだろう。

全員が自分と同じような辛さや悲しみを味わってきたということか。

この、大地のどこかで……。

ということは、何十人もの犠牲者が出たのだろうか？

どうしてこんな無意味なことを。

理由は？　犯人は？　そして、ここはどこなの……？

様々な疑問が頭の中を駆けめぐる。

日本ではない可能性が出てきたため、謎は余計に深まった。

友一似の彼の質問に答えたのは優奈だった。

「気づいたら、友達と一緒に暗い部屋にいて、そこで一人が犠牲になり、次の部屋でもまた一人。

結局は、みんな……」

最後は涙声になってしまった。

「友達は……何人いたの？」

聞けば聞くほど、友一の声と重なる。

「七人です」

「俺もだ。みんなも、そうですか？」

五人はそれぞれ頷いた。

翔太に似た彼が、何かを思い出したのか、口を開く。

「記憶が途切れているんですよね。十二月……六日の夜から」

そこまで同じなのか！

優奈たちも、十二月六日の夜の記憶が最後だった。

「確か、俺も」

と金髪のハーフっぽい顔の彼が手を上げる。

「俺もだ」

竜彦似も後に続く。

「やっぱり、みんなもそうなんですね」

自分だけではないという妙な安心感に包まれたが、優奈の思いは複雑だった。

共通点は同じだが、長いトンネルの出口は一向に見えてこない。

そして改めて思う。

本当に私たちは、助かったのだろうか。

「十二月六日に……何か手掛かりがあるのか？」

金髪の彼はその日の出来事を思い出しているらしいが、答えは出てこなかった。

「それより、ここは……一体どこなんでしょうか？」

美紀似の女の子がポツリと呟いた。しかし、明確に答えられる者はいない。誰もが日本の十二月とは思えないこの気温に疑問を持っているようだが。

翔太似の彼は、腕を組みながら難しい顔でこう言った。

「なんか……わけの分からねえ場所にワープしてきちまったような感じだよな」

確かにそんな気もする。

実は犯人なんて存在せず、この不可解な場所に私たちは……。

いや、そんなことはないはずだ。

あの七つの部屋を作った人間がいるのは事実なんだ。仮にこの場所に急に飛ばされてきたとしても、裏で私たちを観察している人間がいるはずなのだ。

「いくら考えても、結局は何も分かりませんね。大切な仲間を失っただけで……」

友一似の彼がそう言うと、全員が黙ってしまった。怒りに震える者、涙を浮かべる者もいる。

恋人を失った者だっているはずだ。

しかし優奈は過去を振り返らなかった。〈生きる〉ことだけを考える。それが友一との約束だ。

でも、どうすればいいのだろう。

そうだ。助けを求めればいいんだ。

どうしてこんな簡単なことに気づかなかったのだろう。

近くに人がいなければ、探しに行けばいいではないか。

一人では心細いが、心に同じ痛みを持つ彼らがいる。力を合わせれば、必ず生き延びることができるはずだ。

しかし、一人の男が輪を乱した。

竜彦とイメージの重なる男だ。

溜息をついて地面に座ると、太陽の光を浴びながら、間延びした声を出す。

「全く……何だよ、せっかく出られたと思ったのによ。これじゃあ何の意味もねえじゃねえかよ」

死んだ仲間に対して、一切の罪悪感が感じられないその発言に、優奈は一瞬、彼を睨みつけてしまった。

しかし何よりも気になるのは、何の意味もない、という言葉だった。

それは、仲間を殺した意味がないということだろうか？

一度そう思うと、彼が友人を殺《あや》めている姿が想像できた。

その顔が、最後に襲いかかってきた竜彦の顔に重なり、優奈は想像を掻き消した。

現実に引き戻されても、竜彦がすぐそこにいる気がした。またしても彼の文句が聞こえてきたからだ。砂を地面に叩きつけ、

「マジで冗談じゃねえよ」

と吐き捨てると、しまいには横になってしまった。それを見て、他のメンバーも腰を下ろして

しまう。

こうなると優奈も、初対面の人間には強く言えなかった。

力を合わせて行動しなければならないというのに……。

しかしただ一人、優奈の考えと同じ者がいた。

全員の気持ちがバラバラになりつつあるこの難しい状況を打開したのが、友一似の彼である。

「みなさん。ここにいたって、何も解決はしません。少し歩いてみませんか」

すぐさま、竜彦似の彼は切り返した。

「でもさ、どう見たって何もないじゃん？ 意味なくねえ？」

「しばらく歩けば、街が見えてくるかもしれません。人だっているかもしれない。とにかく、助けを求めないと」

その言葉に納得したのか、

「そうだな。俺もこんな所に一人残されるのは嫌だし、行ってみっか」

と彼は立ち上がった。すると、地面に座っていた他のメンバーも腰を上げた。

「じゃあ、行きますか」

友一似の彼が歩きだしたと同時に、優奈が軽く声をかけた。

「どうしました？」

「行く前に、自己紹介しませんか？　名前が分からないと、不便だし」

友一似の彼は、

「そうですね」

と頷き、一番初めに自己紹介した。

「僕は清水幸太《しみずこうた》と言います」

「私は、松浦優奈」

残りの五人も、時計回りに自己紹介していく。

竜彦似は勝田賢《かつたけん》。

ロングヘアーの女の子は宮田絵里子《みやたえりこ》。

金髪は富松一雄《とみまつかずお》。

美紀似の子は新富可奈《しんとみかな》。

そして最後に、翔太似は上野直人《うえのなおと》。

優奈は、六人の名前をしっかりと覚えた。

「じゃあ、行こうか」

自己紹介を早々に終え、清水が先頭を歩いた。その後ろに優奈が続いた。外には出られたが、
不安が消えたわけではない。しかし、彼の背中を追っていれば、本当の光が射すのではないかと

思えた。それくらい、頼もしい存在だった。ちょうど、友一のように……。

しかし、優奈の期待とは裏腹に、いくら歩いても景色は変わらず、何も見えてこなかった。人が現れる気配もない。確実に前に進んでいるはずなのに、不安ばかりが膨らんでいく。

二十分ほど歩くと、誰もが全身からダラダラと汗を流すほど体力を消耗していた。原因はこの容赦のない陽射しと、地下で行われた惨劇による疲労だった。普段なら気持ちの良い天候のはずが、身体にこたえる。非常に湿気が多いのもそう感じる原因の一つだ。

後ろから、全員の気持ちを萎《な》えさせるような勝田の意地悪な声が聞こえてくる。

「やっぱ何もねえんじゃねえの？」

その言葉を認めたくないのだろう、清水は振り返りもせずひたすら歩き続けた。優奈も、街の景色が見えてくることを信じて進んでいく。

しかし、いつまで経っても何も見えてこなかった。

ここまで来て一向に風景が変わらないとなると、さすがに、優奈の抱く希望にも微かな影が差す。

体力も限界に近づいていた。

何より全身が、水分を要求している。

口の中の唾液はべたついた泡。

身体に余分な水分はなく、気づくと汗も出ていない。

陽射しを頭に受けているせいか、意識も朦朧とし始めてきた。

足もいうことをきいてくれない。進もうと思っているのに、優奈はとうとう立ち止まってしまった。

その直後、後ろから小さな悲鳴が聞こえてきた。

新富可奈が足をつっかえて転んでしまったようだ。優奈はフラフラになりながらも、新富に手を貸した。

「大丈夫?」

「ありがとう」

と彼女はか細い声を洩らして立ち上がった。

怪我はないようで安心したが、これ以上、歩き続けるのには無理があるだろう。

「清水くん。少し、休まない?」

優奈がそう提案すると、清水は険しい表情を浮かべた。

「立ち止まっている暇はないよ。早く行かないと」

驚きよりも先に、優奈はショックを受けた。人を思いやる気持ちは誰よりも強いはずだと思っていたのに。

分かってはいたが、やはり、彼は友一ではなかった……。

「さあ、行こう」

「おいおい、ちょっと待てよ！」

不満を露にしたのは勝田だ。

「みんな疲れたって言ってんじゃん。少しくらい休んだっていいだろ」

しかし清水は折れようとはしない。

「休みたいなら休めばいい。僕は、先に行くよ」

まるで別人のようだった。

こんな酷いことを言う人ではないと思っていたのに。

何かに焦っているようでもある。

「清水くん！　全員が力を合わせないと。一人で行動したって、助からないよ！」

優奈の必死の説得に清水はようやく足を止め、振り返った。

彼の表情には、先ほどの強い言葉とは逆に、不安が滲み出ていた。

「そうだよな……みんな、ごめん。少し休憩しよう。俺、どうかしてたんだ」

と言って、輪の中に加わった。

肩を落とす清水に、上野が声をかけた。

「何か、あったの?」

するとと清水は、おもむろに口を開いた。

「みんな……犠牲者の中に恋人はいた?」

唐突ではあったが、優奈はすぐに友一の顔を思い浮かべる。

「俺は最後の部屋で、彼女を死なせてしまったんだ。助けるつもりだったのに、俺が生き残った」

重すぎる内容に、誰一人、慰めの言葉さえかけられなかった。

「俺が飲むはずだった薬を奪って彼女は言ったんだ。私の分まで生きて。絶対に死なないでって。だから、俺、焦っちゃって……」

自分とはまるきり逆のパターンに、優奈は胸を痛めた。そう、残されたほうだって辛いのだ。

「俺、彼女との約束があるから絶対に死ねないんだ」

優奈は、弱気になっていた自分に活を入れた。

私だって、みんなとの約束がある。これくらいで、弱音を吐くなんて情けない。

初めに立ち上がったのは優奈だった。

「みんな。行こう」

休憩したのは五分少々だろう。だが、反論する者は誰もいなかった。

全員が重い腰を上げ、再び歩きだした。〈出口〉があることを信じて。

思うところがあったのか、隣りにいた清水が聞いてきた。

「君も、恋人を?」

優奈は迷わず頷いた。

「ええ」

「そうか」

それから七人は、更に一キロほど歩いた。全員フラフラではあるが、弱音を吐く者はおらず、バラバラになっていた気持ちは一つになっていた。

そんな七人全員の気持ちが通じたのか、前方の景色に変化が起きた。

それにいち早く気づいたのは清水だった。

「みんな! あれ!」

砂埃でハッキリとはしないが、数百メートル先に、大きな建物が見えたのだ。

それにしても不思議な造りだった。左右の壁が異様に長く、どこまでも続いている。

まるで、城壁のように……。

七人は今までの疲れを忘れ、その建物に向かってがむしゃらに走りだした。

近づくにつれ、建物の色が明確になってくる。

全体が、黒で塗り固められている。

しかし、近づいても形は分からなかった。呑み込まれるのではないかと思うほど巨大な建物は、正方形なのか長方形なのか、それとも台形なのか、地上からでは判別がつかなかった。

ただどこにも工夫はなく、簡単な造りなのは確かだ。

何だ？　この建物は。

疑問を抱きながら走っていた優奈の目に、思い出したくもない〈アレ〉が飛び込んできた。

鉄の扉。

優奈は思わず足を止めた。他の六人も扉に気づいて、立ち止まった。

「もしかして……あれは」

富松が指を差した。優奈は荒い息を吐きながら生唾を呑み込んだ。

「まだ分からない」

希望を捨てていないのは清水である。

「そうだよな」

「行きましょう」

優奈の一言に、再び七人は歩みを再開した。これまでよりもゆっくり、恐る恐る……。

まるで、彼らがここに来るのを予期していたかのように、長い壁に鉄の扉だけがついていた。

扉の中央には、またしても『D』の文字……。

「どうする？」

と勝田。

「開けるしかないだろう」

上野が扉に目を向けたまま言った。

「……そうよね」

宮田の声は、言葉とは裏腹に自信がなかった。

一歩踏み出したのは清水である。

扉に手を伸ばすと、見ていられないというように新富が顔を背ける。

「開けるぞ」

優奈は信じて疑わない。

この先には必ず希望が広がっていると。

だから、しっかりと見据える。

「開けてくれ」

上野の言葉に清水は頷き、力一杯扉を引いた……。

優奈の拳に力が入る。

七人の前に現れたのは、コンクリートで作られた正方形の部屋だった。

清水は一度扉を閉め、優奈は膝から崩れ落ちた。

呆然とする七人を嘲笑《あざわら》うかのように風が鳴いている。

「どう……なってんだよ」

勝田は頭を抱えてしまった。

「まさか……また。今度は、このメンバーで」

宮田の言葉に、清水はヒントを得たようだった。

「そうだ。最初はみんな八人だった。今は七人。ということは……」

さすがの優奈でも、彼の言いたいことはよくわかった。

「本当の一人になるのは……」

部屋の中になんて入りたくもない。

そう思っているはずなのに、もう一人の自分は冷静に数えていた。

あと何ターンで、〈一人〉になれるのかを。優奈は友一に問いかけた。

私は〈やるべき〉なのかと。

七人はお互いに顔を見合わせた。

青ざめた表情の中に、全員がうっすらと狂気の色を浮かべている。

本当の戦いは、今からなのではないか。
優奈はポケットの中にある、友一の血のついたハンカチをギュッと握り締めた。
しかし、友一の人を思い遣る気持ちは、今の優奈の心には染み込んでこない。
〝あなたの死を無駄にしたくないから。こんな所で死ぬわけにはいかない〟
優奈の瞳に、鋭い光が宿った……。

この作品は、２００６年12月６日から２００７年１月19日まで、ウェブサイト『ＯＲＩＣＯＮ　ＳＴＹＬＥ』のオリコンブログ(http://blog.oricon.co.jp/door-d/)に連載されたもの（プロローグから第四の扉まで）に、書き下ろしを加えたものです。

〈著者紹介〉
1981年東京都生まれ。2001年のデビュー作「リアル鬼ごっこ」は、発売直後から口コミで評判となり、70万部を超える大ベストセラーとなる。その後も『親指さがし』『×ゲーム』『レンタル・チルドレン』(幻冬舎)、『特別法第001条　DUST』(文芸社)など快調なペースで作品を発表。若い世代の絶大な支持を得ている。

GENTOSHA

ドアD
2007年1月25日　第1刷発行
2011年8月25日　第20刷発行

著　者　山田悠介
発行者　見城 徹

発行所　株式会社 幻冬舎
〒151-0051　東京都渋谷区千駄ヶ谷4-9-7

電話:03(5411)6211(編集)
03(5411)6222(営業)
振替:00120-8-767643
印刷・製本所:中央精版印刷株式会社

検印廃止

ISBN978-4-344-01276-9 C0093
幻冬舎ホームページアドレス　http://www.gentosha.co.jp/

この本に関するご意見・ご感想をメールでお寄せいただく場合は、
comment@gentosha.co.jpまで。